なんか、淫魔に憑かれちゃったんですけど

Nana Matsuyuki
松雪奈々

CHARADE BUNKO

Illustration

高城たくみ

CONTENTS

なんか、淫魔に憑かれちゃったんですけど

一

その夜更け、美和孝博《みわたかひろ》は浅瀬から引きあげられるような切迫した寝苦しさを感じて目覚めた。

まだ肌寒い時期だというのに寝汗をかいていて、首から背中にかけてしっとりと濡《ぬ》れている。なにやら夢を見ていたようで、情景が断片的に脳裏にこびりついているが収拾がつかず判然としなかった。

寝汗をかくということは悪夢だったのだろう。思いださないほうがいい。

時計に目をやれば三時をさしていて、起床時間にはほど遠い。ほう、と息をついてふたたび眠りにつこうと目を閉じたとき、ごく間近になにかの気配を感じた。それがなにか考えるまもなく、

『よう、起きたか』

と、耳元で男の声にささやかれた。

ここは自宅。美和はひとり暮らし。男と同衾《どうきん》する趣味はない。ぎょっとして目を開けると、枕元《まくらもと》に人差し指ほどの小人のオヤジがちょこんとすわっていた。

ひげ面の小汚い顔、だがどことなく愛嬌《あいきょう》のある顔が、目玉をぎょろりとさせて自分を覗《のぞ》き込んでいる。

息が、止まった。

「……あんた、誰《だれ》だ」

見知らぬ男が部屋に忍び込んでいるとなれば瞬時に思いつくのは泥棒だが、わざわざ家主を起こすばかはいない。女ならば強姦《ごうかん》目的も考えられるが自分は三十八になるオヤジである。ありえない。

ならば何者だ。

寝ぼけた思考で美和は尋ねた。相手は身長十センチにも満たない小人である。常人ならば泥棒や強姦よりもほかに考えがおよびそうなものだが、美和にオカルト的発想はない。

問われた相手は目を細めてにやりと笑った。

『わしか。わしは妖精じゃ。おぬしは気づかなんだが、昨日の夕刻より取り憑《つ》かせてもらった。おぬしの精気を食ろうてどうにか生き長らえたわい』

「はぁ」

『助かったぞ。ところでな、三日以内に性交せぬと、おぬしは死ぬぞよ』

「……あ～？」

『じゃからがんばって獲物を探せ。相手は男でないといかんぞ』

「意味が……いや、そもそもあんた――」

『いいか、わしは男の精気を食らうんじゃ。逆におなご相手だと精気を持っていかれて死期が早まるから気をつけるのじゃぞ。よいな』

「いや、だから――」

『――ああ、やはりまだまだ精気が足りん。身体《からだ》を維持していられぬわ』

自称妖精の小人オヤジは一方的にそれだけ言うと、美和の鼻の穴に吸い込まれるようにして消えた。

「‼」

反射的に鼻を押さえたが、小人の胴体が詰まっているようなことはなかった。

己の身に何事が起きたのか把握できず、美和はベッドに横たわったまましばらく動けなかった。

混乱した頭に手をやり反芻《はんすう》する。

「……オヤジの妖精？　男と性交しろ？　なんだそりゃ」

のろのろと身を起こして辺りを見まわしてみたが別段変わったところはなく、室内には闇《やみ》と静寂が広がっている。

「夢、だよな……」

くだらない夢を見たらしい。

あたりまえだ、身長数センチのオヤジなど存在するわけがない。オヤジ顔の妖精なんて、さらにいるわけがないのである。

このところ仕事は順調だったが気づかぬうちにストレスを溜《た》め込んでいただろうか。それとも性欲が溜まっているのだろうか。

こんなアホな夢を見るようじゃいかんなと美和は乱暴に顔をこすった。いちおう確認のために照明をつけてみるが、変な生き物などいない。いつもとおなじ室内。

やはり夢だったのだ。妙な寝ぼけ方をしたなと思いつつ布団に潜り、何事もなかったように眠りについた。


それから四時間後、寝室に鳴り響くアラームの音でふたたび目覚めた。カーテンのすきまから差し込む朝の清浄な光がいつもよりもまぶしく感じられ、顔をしかめる。体調がよくないときの兆候だ。

昨日は仕事帰りに部長と飲みに行ったが、二日酔いするほど深酒をした覚えはない。風邪《かぜ》でも引いただろうか。

「まいったな……」

重い頭とだるい身体を引きずるようにしてベッドから起きだしてみる。

すこし熱っぽい気がしたが脚がふらつくわけでもなく、会社を休むほどのものでもないだろう。習慣に従ってけだるい気分で洗面所へ行き、正面の鏡に目をむける。すると、右肩に昨夜《ゆうべ》のちいさなオヤジが腰かけていた。

「うわっ！」

仰天してゴキブリを払いのけるかのようにふり払うも、オヤジはひょいと飛んでそれをかわし、宙に浮いた。

「だ……っ、な……っ」

羽が生えているわけでもないのにふわふわと浮いている生物を、美和は壁際に張りついて凝視した。

オヤジ顔のそれはちいさな身体に赤い腹巻きをしており、昨夜の夢と寸分変わらぬ姿をしている。

夢ではなかったのか。まだ寝ぼけているのだろうか。それとも幻覚か。目を瞬《しばたた》いてみるが姿は消えない。

『夢でもまぼろしでもないぞよ』

オヤジは美和の心を読んだように言いながら洗面台の上に降り立った。

『昨夜はよく理解しておらぬようじゃったからの、出てきてやったのじゃ』

身体も思考も固まっている美和にかまわず、オヤジは昨夜同様、一方的に言葉を続ける。

『身体がだるいじゃろう。それはわしが取り憑いて、おぬしの精気を食ろうているからじゃ。このままではわしはおぬしの精気を食らい尽くして、共倒れになってしまうのじゃ。じゃからわしのためにも己のためにも、めぼしい男を捕まえて性交に励むのじゃぞ』

昨夜もおなじようなことを言われた覚えがあるが、あいかわらず意味がまったくわからない。美和はごくりと唾《つば》を飲み込んで、おそるおそる話しかけてみた。

「憑いたって……あんた、なんなんだ？」

『妖精じゃと言うたろう。もう忘れおったか』

「妖、精……？」

『精を食うあやかし。じゃから妖精じゃ』

「それ、なんか違う気がするんだが……」

目の前の生物は美和の想像する妖精とはずいぶんかけ離れた姿をしているし、妖精の定義もはたしてそれで正しいのかはなはだ疑問だが、本人が妖精だと主張するのならばそうなのだろう。強く否定する根拠はないし、重要なのはそこではない。

「それで、なんで俺が男としなきゃならないってんだ」

『おぬしの身体を介して精気を養わせてもらおうと思うての。本来ならばよりましなどを介さずともよいのじゃが、じつは昨夜、うっかり女に捕まってしもうてのう。いまはこんな姿じゃが、普段のわしは人間と変わりのない姿をしておるのじゃ』

美和は妖精が自分とおなじぐらいの身長になった姿を思い浮かべてみた。

赤い腹巻きをしたオヤジ。気色が悪いだけだった。

『それで獲物を捕まえるのじゃが、昨日はわしのことをいたく気にいったらしい女がいて、強引に酒を飲まされて、酔って抵抗できぬところを無理やり襲われてしもうて。いやはや、女はいかんぞよ。精気を吸い取られて弱りはて、本来の姿を保てないどころか瀕死じゃわい。こりゃいかんと命からがら逃げ出したところにたまたまおぬしが通りかかったもんで、これ幸いととっさに取り憑かせてもらったというわけじゃ』

つまり、このオヤジ妖精は人間の男の精気を必要とする妖精らしい。精気を取り込む方法は性交渉でないとだめで、仮宿とされた自分は妖精の代わりに男としなければならなくなった、と。

どこで憑いたのだと問えば、駅前の繁華街だという。たしかに昨日は会社帰りに駅前の飲み屋へ立ち寄ったが……。

「たまたま通りかかっただけの俺に、男と、しろと?」

『そうじゃ』

自称妖精は偉そうにふんぞり返っている。

得体の知れない生物と対峙《たいじ》しているというのに、言われていることが突飛すぎて恐怖心は湧《わ》かない。美和はため息を吐きながら頭をかいた。

「あのさ。あんたと違って男とする趣味ねぇんだわ。ゲイにでも憑き直してくれねぇかな」

『それは無理じゃ。ほかに鞍替えできるほどの余力はわしにはない。なに、一生とは言わん。わしが本来の姿に戻れるだけの精気を養うあいだのことじゃ。辛抱せい』

「辛抱して男としろって？」

美和の口が不自然に引き攣《つ》り、乾いた笑いが漏れる。

「んなこと、できるかっ！」

一喝してオヤジ妖精を捕まえにかかった。が、手が届くより早く妖精は飛びあがり、美和の耳の中へ入っていった。

「あ、てめっ」

耳にふれても異物はなく、鏡を見ても妖精の姿はない。

『諦《あきら》めよ。こうしているあいだにもおぬしの精気は急激に減っているのじゃぞ。早く行動に移すことじゃ』

「冗談じゃねぇ」

頭の中から直接響いてくる声を切り捨てるように言い返し、美和は目を瞑《つぶ》って深呼吸した。すこし頭を冷やして落ち着こうと己を諌《いさ》める。

きっとこれは幻覚、幻聴だ。

身体のだるさも風邪と二日酔いが原因で、己の脳が生みだしたまやかしだ。治れば消える。

いる
まともに相手をすることはない。

現代のこの世の中で、科学で解明できている物事はほんのひと握りだけだと承知している美和は科学妄信者ではないが、オカルト的なものにも懐疑的で基本的に信じていない。これほどばかげた話は信じられないし信じたくもない。だからいまはただ、体調不良で脳が少々故障しているだけだと思い込むことに決めた。

それよりも仕事だ。のんびりしていたら遅刻してしまう。美和はすっと背筋を伸ばすと、黙々と身支度をはじめた。

『そうそう、最低でも三日にいちどは精気を補充するようにせんといかんぞ。それから相手にゴムを使わせるのもだめじゃ。ナマで中出しさせんと吸収できんからな』

「は？　ナマって——いや、これは幻聴、幻聴だ……」

『こらおぬし、わしの話を——』

「幻聴退散。心頭滅却すればなにも聞こえない、聞こえない」

ぶつぶつと己に言い聞かせ、頭の中から聞こえる他人の声を黙殺することに努める。

会社にはスーツを着ていく必要はない。昨日とおなじチノパンをはき、ジャケットをはおる。朝食はいつもパンとコーヒーなのだが、食欲がないので食べずに家を出た。

愛車の白のプリウスを走らせること二十分で、郊外にある職場に到着する。

研究施設である会社の敷地は広く、駐車場から玄関までの道のりは銀杏並木が続く。

春風というにはまだ肌寒い風が、熱っぽい身体を冷ましてくれて心地《ここち》いい。

家を出てからオヤジ妖精の声は聞こえなかった。身体のだるさは続いているが、やはりあれは幻覚だったのだろうと安堵《あんど》して歩いていると、前方の満開のミモザの大樹を見あげている男の姿が目にとまった。

それは部下の渡瀬透真《わたせとうま》だった。二十七歳で、もうじき入社四年目になる和風の男前である。殺風景な構内に泡のような黄色の花はひときわ鮮やかで、目を奪われて立ちどまったのだろう。この時期は美和もかならずそちらへ意識がいく。

しかし今朝《けさ》はミモザではなく、その下に佇《たたず》む男のほうに目を引かれた。長身で姿勢がよいせいだろう、無造作に立っているだけなのに一枚の絵のように様になっている。黒髪をかきあげて上をむくその横顔は凛々《りり》しくて、女子が騒ぐのも無理はない。なんとなく見とれて歩みを止めると、頭の中で声がした。

『ほう。あの男、なかなかよさそうじゃのう』

「ば……っ」

不意をつかれ、毛が逆立つほど驚いて声をあげそうになり、慌てて口元を押さえる。

『非常事態じゃて、選《え》り好みはせなんだが、わしにも精気の好みっちゅうもんがあっての。あれはよさそうな香りがする。優良可で言うたら、良か、優の下かというところかの』

「な、なに言ってやがる。よりによってなんであいつを……っ」

『なんじゃ』

妖精の平淡な声に、美和は自分ばかりが昂《たか》ぶっていることに気づいて、咳払《せきばら》いをしてひと呼吸おいた。

「あいつは部下だ」

『ならば上司命令で従えさせられるではないか。好都合じゃ。やつを捕まえるがよいぞ』

「そんな命令できるかよ。あのさ。あんた、さっきから捕まえろって言うが、それって俺が誘うってことなのか?」

『むろんじゃ。ほかにどんな方法があるというのじゃ』

その気もないのに自ら男を誘うだなんて、そんな芸当ができるはずないではないか。想像することすら不可能だ。

「無理無理。俺にはできねぇよ。だいたい、誘ってみたところであいつが乗るわきゃねぇ。金払うっつったって断られるって」

『なぜじゃ』

「俺は四十間近のオヤジだぞ。それに比べてあいつはもてるし。いや、それ以前にふつうの男は男とはしない——」

右肩になにやら気配を感じて語尾が途切れた。

顔をむけると、オヤジ妖精が姿をさらしている。美和はぎょっとして慌てふためいた。

「ちょ、人に見られたら――」

はたから見たら肩にへんちくりんな人形を乗せたオヤジと映るだろう。勘弁してほしい。

『平気じゃ。いまのわしの姿はおぬしにしか見えん。鏡には映るようじゃがの。声も聞こえんはずじゃ』

オヤジ妖精は自分の両腕をしげしげと眺めて顔をしかめている。

『ううむ。しかしこんな姿しか保てんとはのう。元に戻るにはどれほどの精気が必要になるものか』

「おい。その身体を保つのも、精気が必要なんだろ?」

『そうじゃな。おぬしの中にいたほうが楽じゃ』

「だったら入っててくれよ。俺の精気を無駄遣いすんな。それから職場では話しかけるなよ」

動転したせいで、無視すると決めたことも忘れて会話をしている美和である。出てくるなと頼んでいるあたり、無意識ながらもその存在を認めてしまっているのだが気づいていない。

「おはようございます」

妖精に意識がむいているうちに渡瀬がそばまで来ていた。美和がそちらに顔をむけるのと同時に妖精も姿を消す。

「どうしました」

見おろしてくる切れ長の一重の瞳《ひとみ》が訝《いぶか》しそうに細められる。それまでの妖精との会話の内容が彼に関することだっただけに、変に胸がざわめき、目を合わせていられなかった。

「なにが」

「いえ、立ちどまってうつむいているようだったので」

「あー、なんでもねぇよ。行こう」

挙動不審にならないように、努めて冷静を取り繕って歩きだした。

自分では妖精と喋《しゃべ》っているつもりでも、ほかの者には妖精の姿が見えないのだから、あやしいひとり言を呟《つぶや》いているオヤジと思われかねないのだ。気をつけねばならない。

そういえば、こういう不審者ってたまに見かけるよなぁ、これが続くようだったら病院を受診したほうがいいかなぁ、などと肩を落として悩みながら更衣室へ行き、難燃性の作業着に着替えたところで気持ちも切り替えた。

とにかくいまは仕事だ。

よけいなことを考えながら作業をしては事故につながる。今度こそ幻覚幻聴は無視だ。頬《ほお》をぴしゃりと叩《はた》き、気合を入れて研究室へむかった。

二

試験管のガラス音や実験機器のモーター音が静かに鳴り響く研究室内で、美和は腕組みをしてパソコン画面を睨《にら》んでいた。

——気にいらない。

おもむろに受話器を取り、内線番号四八九に電話をかけると、きっちり三コール目で目的の相手が出た。

『総務、星《ほし》です』

「第一研究室の美和だが。あのなー、ちょっと訊《き》きたいんだが、いまいいか?」

受話器のむこうの朴訥《ぼくとつ》とした男の顔を思い浮かべながら、パソコン画面上の文字を睨む。

『はいはい、なんでしょう』

「applied catalysis がないのはなぜか、理由を説明してほしいんだが」

『アプライドキャタリシス?』

「年末に、注文してほしい図書を訊いてきただろーが。頼んだはずだが」

美和のパソコンに映し出されているのは来年度購入予定の図書目録だ。ほんの一時間前に図書担当の星が各部署へ送信したメールの添付ファイルである。

説明もなくいきなり質問されて面食らった様子の星だったが、さすがにすぐに思い当たったようで、

『ああ、それはですね』

と返してきた。

『予算がないのでカットさせてもらいました』

あっけらかんとした答えに、美和の頬がわずかに引き攣る。

「星……。あのな、俺んとこの研究員には、あれがとても必要だと思ったからこそ頼んだんだ。そう簡単にカットされちゃ困るんだ」

『いや、それはわかりますけどお金がないんですからどうしようもないですよ』

「金ならあるじゃねーか。この不況の時代に派遣社員を新たに雇うんだろ？　聞けばおまえの補佐だって？　ふざけんなよ、そっちの予算をまわせよ」

『無茶言わないでくださいよ。私にそんなことを融通する権限があるはずないじゃないですか』

「だったら国の補助金が来てるだろーが。あれで賄《まかな》えよ。なんのための補助金だよ」

『あれはあれで使い道が決まってることぐらいご存知でしょう』

「はん。知るかよ」

『えーと。美和さんのポケットマネーで購入っていう案はいかがでしょう』

星は純朴そうな見かけのわりに、なかなかのくせ者である。美和のやくざ者のような凄《すご》みに怯《ひる》みもせず、さらりとすっとぼけてみせる。研究所内でも五指に入るつわものだ。

「バカ言え。あれがいくらするか、誰よりよく知ってるのはおまえだろーが。薄給の俺にそんな金あるか。てめぇで買えないから買ってくれって頼んだんじゃねーか。んなこと言うならおまえが金出せ」

『勘弁してくださいよ。たしかに希望は聞きましたけど、必ず買うと言ったわけじゃないですし。今回は辛抱してもらえませんかね～』

「てめ、詐欺師みたいなこと抜かしやがって」

美和はマウスをスクロールし、英語の書名の羅列を目で追った。星の出方によっては言わずにおこうと思っていたが、やっぱり言うことにする。

「じゃあ、なぜあれをカットしようと決めたんだ？　バイオ系は十五も取るのに、石油系は五だけなんだ？」

『え、いやー』

返答に窮する相手に質問をたたみかける。

「なぁ星。俺たちが働いている会社の名称はなんて言うんだったか」

『AR石油研究所、ですねぇ』

「つまり、ここは元々いったいなんの研究所なんだ？」

『石油、ですかねぇ』

「ですかねぇ、じゃねぇだろっ」

声を荒らげると、研究室内の九人の研究員がいっせいにこちらをむいた。

「メインは石油、第一研究室だろーが。なんで第二ばっかり贔屓《ひいき》しやがんだ」

美和の率いる第一研究室は化学系の研究を、第二研究室ではバイオ系の研究を題材にしている。このところ第二で取り組んでいるアミノ酸の研究が脚光を浴びていて、第一は押され気味だった。その辺の思惑が絡んでいることは予想できたが、ここで引いてはさらに予算を削られてしまう。

「せめて平等に扱えよ。テレビの取材ぐらいで浮かれるなよ」

『いや、けっしてそんなつもりではないですよ。平等に、平等にやってますよ。ただ、バイオは進歩の著しい世界ですから最新の書籍が必要になりますが、触媒なんかは昔からさほど変わりませんしねぇ。ですから今回は美和さんたちに我慢してもらって、来年は、と――』

「てめぇ、去年もおなじセリフ言ったこと、覚えてねぇのかっ」

研究員たちが固唾《かたず》を呑《の》んで見守る中、言いあいは徐々に白熱していく。

「去年我慢したんだ。今年は絶対買え。いいな。金がないなら第二の要望をいくつか取り消しゃいいだろ」

『だから無理ですってば』

「なんでだよ」

『だって篠澤《しのざわ》さん怖いんですもん。美和さんは口は悪いけどなんだかんだ言って優しいじゃないですか。でも篠澤さんは綺麗《きれい》な笑顔で眉《まゆ》ひとつ動かさずに人を殺しそうでしょ。逆らったらなにされるか』

「てめぇ人見て仕事してんのかよっ！」

てっきり研究実績で差をつけられたのかと思っていたが、室長の人柄が関与していたとは。第二室長の篠澤に対する評価は内心同感だと思ってしまったものの、それとこれとはまたべつの話である。

美和はブチ切れた。

「星。俺をナメたことを後悔させてやる」

捨てゼリフを吐き憤然として受話器を叩《たた》きつけると、研究員のほうへ視線をめぐらせた。

「特攻隊！」

美和の号令に呼応して、溢《あふ》れ返る実験器具の中からふたりの男が立ちあがる。山崎《やまざき》と大豆生田《おおまみゆうだ》、三十路《みそじ》の同期コンビである。

「敵は総務室、星。ちっとばかし脅かしてやれ」

「ラジャ！」

びしりと敬礼して駆けだしていった。

ふたりを見送った美和は鼻息荒く電話を睨む。

反応はまもなく返ってくるだろう。「子供っぽいまねしないでくださいよまったくもう」とかなんとか文句の電話がかかってくるだろうから、威勢よく言い返してやろうと待ちかまえていたら、ふいにめまいに襲われた。

目が眩《くら》み視界が揺れる。だがそれはほんの一瞬で元に戻った。はた目には変化が見られなかったようで、周囲の部下たちに気づいた素振りはない。あいかわらず自分たちの上司と一丸となって山崎たちの戦果を期待し、心待ちにしている雰囲気である。

めまいを起こすだなんて、元来身体は丈夫なほうなのに、いったいどうしたのかと不思議に思い、そこでようやく朝の出来事を思いだして肝が冷えた。

意識的に忘れてそのまま闇に葬り去ろうとしていたのにうっかり思いだすなんて。

このめまいもオヤジ妖精の影響だろうかと思いそうになり、慌てて否定する。

ちがう。あれは幻覚だ。

誰がなんと言おうと幻覚なのだ。

その証拠にあれから妖精は姿を現さないではないか。

きっとこのめまいは、すりガラス越しの春の陽射しに誘われて、たまには戸外で遊びたいと身体が脳に訴えてみたのか、あるいは研究室に漂う独特の臭《にお》いにいまさらながら身体が拒否反応を示したのか、はたまた星の態度に興奮しすぎて脳の血管が切れたのか。せいぜいそんなところだろう。

ここでオヤジ妖精のせいだと認めてしまったら、男とセックスするという問題と正面からむきあわなくてはならなくなるため、美和としては意地でも認めるわけにはいかないのである。

もうなにが起きても不思議ではない微妙なお年頃なのだから無理をしたらいかんなぁとひっそり息をついて事務椅子《いす》の背にもたれた美和だが、部下の中でひとりだけ、もの言いたげにこちらを窺《うかが》ってくる男がいることに気づいた。

渡瀬だった。

黒髪の下に覗く意思の強そうな眉と切れ長の一重の瞳はいつにも増して力強く見据えてくる。眼力の強さでは研究所内で右に出る者がいないと自負している美和だが、今日の渡瀬の目つきは自分に匹敵するかもしれない。

どことなく険を含んでいるようにも見えるが、睨まれるようなことをした覚えはない。いつも寡黙に淡々と研究に勤しんでいる彼にそんな表情をさせている原因はなんだろうと首をひねったとき、机上の電話が鳴った。

皆の期待を背負い、美和は受話器を取る。

「はい。第一研――」

『美和さん！　あなたって人は、私を殺す気ですかっ』

名乗り終える前に、星の怒声が耳をつんざいた。

耳を離して受話器を見つめた美和は、ひとつ咳払いをしてから芝居じみた笑い声をあげる。

「ふははは！　星よ、思い知ったか。これに懲りたら二度と俺たちをないがしろにするんじゃねぇぞ」

『あのねぇ、美和さん。思い知ったかじゃないですよ。私が訴えたらどうするつもりです』

本気でなじっているらしい相手に、美和は少々鼻白んだ。

「なんだよ。ちょっと脅されたぐらいでオーバーだな。尻《けつ》の穴のちいせぇこと言うなよ」

『ちょっと脅しただけ？　消火器を人の顔目がけて噴射することが？』

「——え」

星の言う消火器とは二酸化炭素消火器である。通常の消火器では器材をだめにしてしまうが、研究室に置いてあるものはその名のとおり二酸化炭素が充填されているので、噴射しても道具を汚すこともない。

二酸化炭素だから少量吸い込んでも即死することはないだろうが、顔面めがけて噴射したりしたら、それは当然危険だ。

「あいつら、ほんとに奇襲したのか」

山崎たちが消火器を抱えていったのは知っている。

以前第三研究室へ彼らを率いてむかったときは、それを持って脅しただけだったから、美和としては今回もそのつもりだったのだが。

『そうですよ。驚いて椅子から転げ落ちましたよ。幸い怪我《けが》はなかったですけど』

そこに特攻隊のふたりが戻ってきた。一同の拍手に迎えられて得意満面である。

「御頭、やってやりましたよ」

「……おまえら、まじで噴射したって？」

「ええ。だってべつに、死にはしないし」

「いや、そりゃ……どうだろう」

窒息云々《うんぬん》ということよりも、驚いて心臓発作を起こしたり転んだ拍子に頭を打つなど、二次災害的な心配がある。

「御頭をコケにするやつはすこしぐらい痛い目にあったほうがいいっすよ」

「あの驚いた顔、御頭にも見せたかったですよ」

おまえら子供じゃないんだから、社会人としての常識とか手加減ってもんを考えろよ——とは、美和には言えない。彼らを差しむけたのはこの中で誰よりも年長で上司の美和自身なのだから。

「あー。よくやった、な……」

「はい！」

少年のようにキラキラと瞳を輝かせて見つめられてしまっては、褒《ほ》めるよりほかに選択肢が思い浮かばなかった。

顔をほころばせて満足そうに自分の持ち場へ戻る部下たちを眺めつつ、美和はぽりぽりと頬をかいた。

しばし考えてから、受話器のむこうでこちらの会話に聞き耳を立てているであろう相手に話しかける。

「……えーと、星くん。とりあえず換気をしてくれたまえ」

『もうしてますよ』

「とにかく書籍の件、よろしく頼むわ……」

語気を弱めつつもしぶとく言い募ったら、受話器越しに深いため息が伝わってきた。

『はいはい、わかりましたよ。あなたの部下に殺されたくないですから、知恵を絞ってなんとかしますよ』

「ははは、助かる。またあとで連絡する」

これは近いうちに埋めあわせをしなきゃならんなと思いながら通話を切った。

すこし調子に乗りすぎたようだと反省し、美和も業務に戻ることにする。見れば、液体クロマトグラフィーの分析データがあがっていた。遊んでいる場合ではなかった。

結果は……想定範囲内。ＯＫ……ＯＫ……。

「――室長。美和室長」

黙然としてデータチェックに没頭していると、ふいにごく近くで名を呼ばれた。驚いて顔をあげると、デスクの前にベージュの作業着が壁のように立ちはだかっていた。さらに上を見あげると、壁の正体は渡瀬と判明した。

いつのまに来ていたのか。視界に入っていたはずなのに気づかなかった。

「ナンバー二十四のメタンによるGTL結果報告書です」

書類を差しだされ、ああ、と短く頷いて受け取る。それを脇《わき》に置き、データのチェックに集中しようとしたらふたたび目が眩み、思わず目頭を押さえた。

気合が足りないのだ。こんなものは気合でなんとかしようと念じるが、先ほどよりもひどく、なかなか治まらない。

「だいじょうぶですか」

気遣わしげな色の滲《にじ》んだ低く落ち着いた声が高い位置から降ってくる。

「朝から思ってたんですけど、具合が悪いんじゃないですか」

「バーロー、ただの年寄りのかすみ目だ。病人扱いすんな」

我ながら首をかしげたくなるような反論をしたら、部屋の方々から失笑が漏れた。

「御頭～、わけのわからん強がり言うのやめてくださいよ～」

「逆に年寄り扱いしても怒るくせに。天《あま》の邪鬼《じゃく》なんだから」

それだからいつまでたっても嫁さんもらえないんっすよね、と小声で、しかししっかり美和の耳に届くように喋る男を睨んでやる。

「るせーぞ山崎。もらえないんじゃなくてもらわないんだっつってるだろ」

「はいはい。一生を研究に捧《ささ》げるんでしたっけね。さすが御頭、研究員の鑑《かがみ》」

美和の役職は室長だが、部下たちは『御頭』と呼ぶ。

まるで山賊の頭領かやくざの組長のような呼ばれようだが、どこからどう見ても御頭と呼ばれるような強面ではない。

綺麗な弧を描く柳眉《りゅうび》に細く高い鼻梁《びりょう》、顎《あご》から首にかけてのほっそりしたラインは、むしろ繊細な印象さえ与える。体格も身長はあるが線が細く、人に威圧感を与えるような大柄ではない。

それなのに御頭という野蛮なイメージの呼称を頂戴《ちょうだい》してしまったゆえんは言わずもがなだがガラの悪い口調のせいである。研究畑の人間らしからぬ口の悪さは草食系の人種ばかりの周囲に多大なインパクトを与えたらしい。それから大きな瞳が生み出す強烈にきつい眼差《まなざ》しも一役買っているのだろう。

室長になる前は『アニキ』だった。はじめはやめろと言ってまわったものだが、いまではこれも慕われている証《あかし》だと諦《あきら》めて好きに呼ばせている。きまじめに室長と呼ぶのは、そう呼ばれるようになった経緯を知らない渡瀬ぐらいだ。

「でもほんと、渡瀬くんの言うとおり具合悪そうに見えますよ。早退したほうがいいんじゃないっすか」

「たしかに言われてみれば顔色悪いかも」

三十路コンビが口々に心配するのを美和はふんと鼻を鳴らして一蹴《いっしゅう》する。

「いい加減なこと言うなよ。おまえらに人の顔色の変化がわかるわけねーだろ」

「ああっ、ひどいっ。そりゃあ人間には無頓着ですけど、御頭のことはすこしはわかりますよ。毎日顔つきあわせてるんっすから」

「そうですよ。そんなこと言うなら正確なデータをとらせてもらいますよ。毎日写真撮って体温測定して」

「大豆生田、おまえほんとにやりそうだから怖えよ」

心配する部下たちにカラリと笑ってみせた美和だったが、正直なところ、体調はあまりよくない。

身体のだるさは朝よりも悪化しており、注意力も散漫になっている。

「まぁ、そうだな。今日は残業なしであがらせてもらうわ。あと三十分で定時だし」

たいしたことはないが寝汗をかいたまま寝たせいで風邪を引いたのかもしれない。だとしたらまわりにうつしてはまずいし無理をしてこじらせたりしたら元も子もない。帰りに感冒薬でも買っておとなしくしていようと思った、そのとき、頭の中で例の声が響いた。

『美和よ、わしが憑いているから具合が悪くなっていること、よもや忘れてはおるまい？　放置しておったらますます悪化するのじゃぞ』

鼓膜を通さず直接脳に響く声が釘《くぎ》を刺してくる。

『まさかこのまま家に帰ろうなどとたわけたことは思うておらぬよな？　このままではおぬし、本当に死ぬのじゃぞ？』

しつこい幻聴だ。市販薬ではなくやはり医者に行くべきだろうか。しかし診療科はどこを受診したらいいものか……。

「室長」

思い悩んでいると、ふいに現実の声に意識を引き戻された。ぼんやりと顔をあげると、渡瀬が眉をひそめて見おろしていた。

いままでずっと突っ立っていたらしい。

「なんだ、まだいたのか」

そう口にしてみて、そのことに気づかなかった自分に美和は驚いた。寡黙とはいえ大柄で存在感のある男が目の前にいたのにその存在を忘れていたとは重症すぎやしないか。

「もう帰ったほうがいいです。さっきから焦点が合わなくなってますよ」

低い声で諭すように言われ、苦笑する。

「あー、そうかも」

「めまいがするんでしょう」

「ん？　よく知ってるな」

「頭が揺れてるのを見てましたから」

「あー、もしかしてさっき俺のこと睨んでたのって、因縁つけてたわけじゃなかったのか」

「なに言ってるんです。立てますか」

渡瀬が先ほどこちらを見ていたのは、具合の悪そうなのを見抜いて心配していたのだとようやく合点がいく。

「帰りましょう。俺、送りますから」

渡瀬は言うなりデスクをよけて美和の脇に立ち、腕をつかんだ。そして返事も待たずに強引に引きあげて美和を立たせ、肩を抱き寄せる。

「あ？」

薬品の匂《にお》いに混じって、渡瀬の香りがほのかに鼻を掠めた。瞬間、美和は衝撃のあまり瘧《おこり》のように全身をふるわせた。

「な……」

「はい？」

「いや……なんでも、ねぇ……」

「身体がふるえてますね。かなりひどいんじゃないですか」

美和は突然失語症に陥ったかのように答えることができなくなった。頭の中は真っ白で、この次にどう行動すればいいのか、なにを言えばいいのか、さっぱり判断不能になってしまった。

なぜならば、渡瀬の香りがムスクのように官能的に甘く、魅惑的に感じられてしまったからである。

いや、もっとはっきり言おう。明確に、激しく欲情したのである。

渡瀬は香水などを職場につけてくるような男ではないし、嗅《か》いだ匂いはただのヤローの体臭だと美和もわかっている。それなのに、鼻腔に広がる香りに頭がくらりときて自らその胸にもたれてしまっていた。身体が熱く火照り、脈拍がにわかに速まっている。

くり返すが美和はゲイではない。入社以来十数年、研究に勤しむあまりずっと彼女を作らずに過ごしてきたが、学生時代はふつうにつきあった女性もいたし、男とセックスだなんて想像しただけでも吐き気がするという、ごく一般的な性癖の持ち主である。

それなのに。

驚愕《きょうがく》である。ある意味事件である。体調が悪いことを理由にしても、それでも容認しがたい怪奇現象である。

性器に物理的な刺激を加えられたというならわかるが、ただ抱き寄せられ、匂いを嗅いだだけなのだ。

『幻覚でも幻聴でもないと、すでに自分でも感づいておるんじゃろう。観念して現実を認識してくれんかの。でないと手遅れになるぞよ』

ヤギが卵を産むよりも信じがたい身体の反応に呆然《ぼうぜん》としていると、美和の心中を知ってか知らずか、オヤジ妖精が追い討ちをかけるように訴えてくる。それまで聞く耳を持てなかった妖精の言葉が突如として真実味を帯び、胸に迫ってきた。

これはどういうことなのか。

まさか本当に……男としないと……手遅れに……？

「なんか御頭、真剣にやばそうだな」

「おーい、御頭～？」

顔の前で無邪気に手をふってみせる山崎と大豆生田へうつろな眼差しをむける。

「おお、よかった。反応あり」

「ん～、だいじょうぶなのかな～」

「じゃあ俺、送り届けてきますんで」

「おぉ、よろしく頼むわ」

「この人ひとり暮らしだし、悪いけどしばらく様子見てやってくれないか。やばそうだったら医者に連れていってあげて」

「わかりました」

自分の身の内に起きた異変を受けとめきれずにいるあいだに周囲で話がまとまり、美和は渡瀬に引きずられるようにして研究室をあとにした。

三

「おいオヤジ！　ありゃいったいどういうこった」

更衣室へ行く途中で、美和は渡瀬の腕から逃れてトイレに立ち寄った。男子トイレにはほかに誰もいないが、廊下で待っているだろう渡瀬の耳を気にしつつ妖精を問い詰める。

『なんのことじゃ』

「あんた、俺の身体になんかしただろ」

『さて。わしは取り憑いただけでなにもしとらんぞ。なにかおかしなことでもあったかの』

逆に問われて、言葉に詰まる。男に欲情したとは言いたくない。

「とぼけるなよ」

『とぼけてなぞおらぬ。言ってくれねばわからん』

「男に……と、ときめく……ようなこと、とか」

ときめくだなんて乙女のような言葉を口にしてしまい、身体から火を吹きそうなほどの羞《しゅう》恥《ち》にさいなまれて最初の威勢は弱まった。

『ほう。ときめいたとな』

「あ、ありゃ、あんたのせいだろ。俺はゲイじゃないんだし」

渡瀬に抱き寄せられた瞬間、欲情すると同時に胸が高鳴り、そしていまもそのドキドキが続いているのだ。顔も赤くなっている。

こんなのは、おかしい。

ふむ、と一拍おいて、妖精が答える。

『あの程度の精気れべるでわしの影響が出るとは思えぬがの。おぬし、案外いける口なのかもしれぬな』

「なんだと」

『わしはなにもしとらんが、わしのせいということにしてくれてもよい。とにかく男に心が動いたというなら安心じゃ。さっそく口説《くど》きに行こうではないか』

妖精は関与を否定するが、自覚がなくても憑いたことでなんらかの影響が出ているのだろうと美和は勝手に結論づけることにした。

そうでなければ説明がつかない。

自分が男に欲情するだなんて。

「口説くなんて、だから無理だって。っつーか……ああ、けっきょく無視できてねぇし……」

嘆くようにして頭を抱えた。

ノンケの自分が男に欲情したのだ。信じるものかと頑《かたく》なに拒否して逃避し続けていたいものだが、これはもう、諦めて現実を認めるべきなのだろう。妖精の必死さからして、その主張も本当なのだろう。

となると、男に抱かれることについて真剣に考えなければならないわけだが……。

「……口説けるかよ。女ならまだしも……」

『なぜ無理だと決めつけるのじゃ。挑戦してみなくてはわからんぞ。さぁ、れっつ・とらいじゃ』

「本当に、しなきゃいけないのか?」

『わしに憑かれたからにはしかたがないものと諦めて腹を括《くく》るのじゃ』

「ほかに方法はねぇのかよ」

『あったらわしだって苦労はせん』

「うう……」

男と抱きあうだなんて、想像するのも嫌だ。しかし残り時間は差し迫っており、死にたくなければ嫌でもこの後の進退に目をむけねばならないらしい。

どうすればいいのか。

まさか知人は誘えない。ゲイのハッテン場にでも行ってナンパすればいいのだろうかと苦し紛《まぎ》れに思いついてみたものの、ここは関東の地方都市である。そんな場所がいったいどこにあるというのか、研究ひと筋で生きてきた美和には皆目見当もつかない。

ならば東京の新宿《しんじゅく》二丁目とやらまで行けばどうにかなるのかもしれないが、そもそも病気を持っているかもしれない見ず知らずの男と関係を持ちたくはない。相手にしたって、男性未経験の四十近いオヤジでは嫌がるかもしれない。しかもゴムは使うなと言うのだ、気味が悪すぎる。

『この期に及んでなにを悩んでおるのじゃ。ぐずぐずしているひまはないぞよ』

「あのな。あんたは一も二もなく誘えと言うけどな、やみくもに誘えるもんじゃねぇだろ。そういうあんたは普段どうやってナンパしてるんだよ」

『なにもせずとも、男のほうが寄ってきおったわ。わしの色香に惑わされてな』

「はぁ。色香ねぇ」

このオヤジの姿に誰が惑わされるというのか想像もつかない。本来の姿はちがうと言われても、与太話にしか聞こえない。

『おぬしは当然のことながらわしの足元にも及ばぬが、しかしそう悲観するほどでもなかろう。うむ、けして悪くはないはずじゃ。その気のある男を狙《ねら》って誘えば落とせる可能性はじゅうぶんある』

褒められているのか貶《けな》されているのかよくわからない評価を聞き流して、美和は手洗い場の鏡へ視線をむけた。

そこには世界の不幸を一身に背負ったような顔をした自分の顔が映し出されている。いまからでも遅くはない。誰かうそだと言ってほしい……。

ふいに妖精がなにか思いついたように明るい声を出し、姿を現した。そして不敵な笑みを浮かべる。

『おお、そうじゃ』

『案ずるな。よいことを思いついたぞよ。おぬしに魔法をかけてやろう。男を惹《ひ》きつけるフェロモンを出せる魔法じゃ』

ちょっと待てと止めるよりも早く、オヤジ妖精の腕があがり、振りおろされる。すると膝《ひざ》から力が抜け、四肢が鉛《なまり》のように重くなった。

「てめ……、人の身体に勝手になにしやがった……っ！」

疲労感が急激に押し寄せてきて、脚がふらつき、壁にもたれかかった。その頭上で妖精が首をかしげ、

『はて。かからんな。失敗したようじゃ』

と、困惑気味に呟いた。

精気不足で本来の力が発揮できんなどと言い訳をし、申し訳なさそうに美和を見おろす。

『ううむ。魔法を使ったから精気の消耗が激しいの。すまぬ。今日中に精気を補充せんと、おぬしの身体が持たなくなってしもうた』

「はぁっ？」

魔法がかからないばかりか、美和の精気を無駄に消費しただけという結果に終わり、寿命が今日までに縮まってしまったという。最初の話では三日以内にということだったからあと二日は猶予があったはずなのに。

冗談ではない。

『背水の陣じゃ。いますぐ戦場へむかうのじゃ』

美和が無言で睨むと、オヤジ妖精がそそくさと姿を消した。

「今日って……あと六時間じゃねぇか」

男同士の場合も男女の出会いと大差ないはずで、出会っていきなり行為に及べるものではなく、それなりに手順というものがあるだろう。シンデレラのようにタイムリミットわずかのところで逃げられてしまう可能性だってある。妖精が無計画に精気を浪費する恐れもある。

これでは相手を選んでいるひまもないではないか。

どうしてくれるんだと心中で罵《ののし》っていると、出入り口の扉が開き、渡瀬がやってきた。

「室長！」

倒れかけている美和を目にして血相を変えて駆けてきて、肩を支えてくれる。

「すまん、だいじょうぶだ。ちょっとふらついただけ」

「医務室まで運びます」

「いや、平気だ。ほんとに」

先ほどこの男の胸に抱きとめられて動揺してしまったことが脳裏をよぎり、おなじ失態をしないように慎重に息を整え、脚に力を込める。

しっかり立ってみせると、渡瀬は心配そうにしながらも肩に添えていた手を離した。

「なかなか出てこないので、中でぶっ倒れてるんじゃないかと心配して見にきたら案の定でした」

今日はずっとヒヤヒヤしてたんですと、ぎゅっと眉間にしわを寄せて覗き込んでくる男の眼差しが、胸をざわめかせる。

『美和、もう時間はないのじゃ。会社の人間はだめだとか選んでいる場合ではない。まずはこやつをげっとするのじゃ。それ、しなだれかかれ！』

さっそくけしかけてくる妖精に、時間がないのは誰のせいだと頭の中で文句を言いつつも、誘導されるように渡瀬の顔を見あげてしまう。その男っぽい顔を見返したとき、美和は唐突に一縷《いちる》の望みを見出した。

渡瀬はゲイだという噂《うわさ》を耳にしたことがあった。

外見が男前なだけでなく言動も男らしいとかで、女子社員に異常に人気のある男だ。恋人はいないようなのに言い寄ってくる女子にもまったく関心を示さないので、そういう噂が立ったのだろう。

どうせもてない男どものやっかみか、あるいはふられた女子の腹いせで立った噂だろうと気にもとめていなかったが、もし本当ならば地獄に仏、暗黒期の救世主ではないか。

もちろん部下を誘うつもりはない。ゲイならば、ゲイの友だちがいるかもしれないし、同類が集まる場所に詳しいはずだ。

残り時間は短いのである。手っ取り早く誰か紹介してもらえたら、非常に助かる。

男と抱きあうのは嫌だが死ぬのも嫌だ。

「歩けますか。保険証は持ってます？　医者に寄っていきましょう」

「いや、医者はいい。もう治った。それよりも渡瀬」

急に時間がなくなったことで焦りが生じ、冷静な判断力を欠いている自覚はあったが、ほかに方法が思い浮かばない。美和は姿勢を正して渡瀬にむき直った。

「おまえ、ゲイの友だちっていないか」

「は？」

藪《やぶ》から棒になにを言いだすんだと言わんばかりに目を見開く男に、美和はかまわず続けた。

「いるのかいねぇのか。いねぇんならこの話は終わりだ」

大きな瞳で眼光鋭く見据えると、渡瀬は真意を測るように口元を引き締めて、まじまじと見返してきた。

「……。いると言えばいますが。なんですいきなり」

助かった。藁《わら》だろうが蜘蛛《くも》の糸だろうが、縋《すが》れるものならつかんでみるものである。

美和は詰めていた息を吐きだし、言い訳を見繕った。

「いやなに、俺の友だちでそっちの趣味の男がいるんだが、ちょっとした事情でどうしても今日じゅうに相手を紹介してやらなきゃならなくなってな」

渡瀬の瞳が訝しそうに細められる。うそ臭かっただろうか。

「具合が悪いのに人の世話をしている場合じゃないでしょうが」

「治ったたって。それに俺のことよりそいつのことのほうが重要なんだよ。すっとぼけるわけにはいかないんだ。わけは言えねぇけどよ」

「よりによってなぜ今日じゅうなんです」

「だから言えねぇんだって。まぁ強いて言えば、賭《か》け事みたいなもんかな」

「賭け、ですか」

渡瀬の目つきがさらに疑わしそうなものになる。あまり長引かせるのは得策ではないようだ。美和は急《せ》かした。

「で、どうだ。紹介してもらえねーかな」

「いきなりそう言われても……。その方はどんな人なんです」

「歳《とし》は俺と同い年。中肉中背の平凡な男だ」

「好みのタイプは」

「ナマで中出ししてくれる、病気持ってないやつ」

渡瀬が絶句した。

我ながらもうちょっと言いようがなかっただろうかと思ったが、それが最重要事項なのだからしかたがない。

「あー、つまり……。『してくれる』ってことは、その方はネコってことですね」

渡瀬はいまさらながら周囲が気になったようで声のトーンを数段下げた。トイレには誰もいないのだが、声がよく響く。

「ネコ?」

「抱かれるほう専門のことです。あと、性格やルックスで注文はないんですか」

「ああ。そこまで注文つけてたら今日じゅうなんて無理だろ。ハゲデブだろうが多少変態だろうがこの際なんでもかまわない。とにかくナマで中出し病気なし。それだけなんだが、いるか?」

渡瀬は頭痛がするように額を押さえた。瞳は困惑気味に揺れている。それはそうだろう。この男もまさか上司からこんな下世話な頼み事をされる日が来るとは想像もしていなかったにちがいない。

「……。心当たりは、なくもないですけどね……」

「よっしゃ。んじゃ、悪いがさっそく連絡つけてくれ」

「いいですけど……」

持つべきものは従順な部下である。美和は和やかな面持ちで渡瀬の肩を叩いた。

四

「――ああ――そう。先に行ってる――じゃあ……」

美和は友人に電話をする芝居をして携帯の通話を切った。その横では渡瀬が友人に打ったメールの返信をチェックしている。

「残業で遅くなるかもしれませんが、来られるそうです。そちらは？」

「ああ。こっちも遅くなるかもって」

互いの友人の引きあわせ場所は駅前の居酒屋を指定した。渡瀬は電車通勤なので、相手がやってきたら追い返してしまおうという魂胆である。

着替えを済ませると肩を並べて駐車場へ行き、美和の車へ乗り込んだ。

美和の体調を気遣って運転を申し出た渡瀬は、すわるなりシートの位置をめいっぱいうしろへ下げた。美和との身長差はせいぜい五センチ程度のはずなのに、なかなか小憎らしいまねをする。

ミラーの位置も変えてからエンジンをかけ、アクセルを踏む。ハイブリット車は音もなく静かに滑りだした。

車が走りだしてまもなく、美和は身体の力を抜いてシートに深くもたれた。身体がだるくてしかたがない。普段ならば体調が優れないときはよけいなことに思考が働かないものなのに、狭い空間に渡瀬とふたりきりだと意識したら、なぜか落ち着かない気分にさせられた。

不用意に近づいたら、また欲情しそうで怖い。

抱きとめられてから、必要以上に意識してしまっている。しかも十一も年下の男に色気のようなものさえ感じている。これもオヤジ妖精に憑かれたせいなのだろうと理由をつけて、ハンドルを握る男へ視線を漂わせた。

彼はサックスブルーのシャツの上に黒のブルゾンをはおり、オフホワイトのパンツを合わせている。時計はオリスのスケルトン。まっすぐな眉と真一文字に引き締まった口元は侍のように精悍《せいかん》で、女子でなくとも見とれてしまう。

「なにか」

赤信号で停車すると、渡瀬がちらりと視線をよこしてきた。多少は遠慮して盗み見ていたつもりだったのだが、気づかれたらしい。

「いや」

これから紹介してくれる相手というのはどんな男なのか訊いてみようかとも思ったが、やめておいた。

非常に気になるところだが、ボロが出そうだ。

先ほどは紹介してもらえると聞いてうっかり喜んでしまったが、改めて男に抱かれるということを考えだしたら複雑な心境になった。

男と抱きあう場面をいくら想像してみてもあまり実感が伴わなかったのだが、急速に現実味を帯びてきて、不安が芽生える。

まだ死にたくないのだから我慢するしかないのだし、ここまできたら逃げ出すつもりはないが、それでも気が滅入ることである。

自分は萎《な》えたままでもかまわなくとも相手には気持ちよくなってもらわねばならない。うまくできるだろうか。

見知らぬ男に身体をさわられることを想像しただけでも拒否反応を示してしまいそうだ。どんな相手でもいいとは言ったが、実際、どんな男がやってくるのか。

そんなことを考えはじめたら不安が風船のように膨れていって止まらなくなってしまい、けっきょく渡瀬とは会話もせぬまま駅前についてしまった。

車をコインパーキングに停《と》め、指定した居酒屋へ入る。

「先に飲んでるか」

「だいじょうぶですか」

渡瀬がぼそりと尋ねてくる。

「なにが」

「体調悪いのに飲んだりして」

「だから治ったっつってるだろーが。止めるなよ」

これが飲まずにいられるかというものである。たとえ吐いてもいまは飲みたい。

「止めませんけど……」

ごくたまに利用するこの居酒屋はカウンター席が十席と四人がけのテーブルが四つほどのこぢんまりした店である。

駅前の数ある居酒屋の中でもここを選んだのは、研究所の連中がこの店をあまり利用しないことを知っていたからだ。男との逢引現場を知人に見られたくはない。

店内に客はいない。テーブル席に陣取り料理のほかに生ビールをふたつ注文すると、渡瀬が断ってきた。

「俺はいいです」

「遠慮すんなよ」

「いえ、そうじゃなく。帰りも俺が運転して家まで送りますから」

それが困るから飲めと言っているのである。

「いいって。あとは代行頼むし」

強く言うと、それ以上言ってこなかった。仕事面では頑固な一面を見せることもあるが、こういった場面では先輩や上司に逆らうことのない体育会系の男である。

およそ二年半ほどいっしょに働いているから表面上の性格はおおむねわかっている。

山崎のように勝手にべらべら喋るかるいタイプではなく、寡黙で落ち着いた雰囲気のある男だ。

研究にも人一倍没頭するタイプである。美和も人並みはずれた研究オタクなため、雑談する機会があってもつい仕事の話ばかりしてしまい、思えばプライベートなことはあまり話したことはなかったかもしれない。こんなふうにふたりだけで居酒屋に入るのもはじめてだ。

「なぁ。これから来る友だちって、もちろんフリーなんだよな」

「はい」

「おまえは？　彼女いないんだっけ」

「ええ」

「ふうん。もてそうなのにな」

もてそうなのではなく、非常にもてることは噂に疎い美和も重々承知している。総務の女子がきゃあきゃあ騒いでいる現場はよく見かけるし、今日も昼休みに飲み会に誘われていた。それを無愛想にすっぱり断っていて、まわりで見ていた男どもは呆《あき》れ、女子はその硬派なところがいいと持ちあげていた。

美和に言わせれば、渡瀬はゲイでも硬派でもなく、日常会話方面の言語野が未発達なだけの、ただの研究オタクである。同類の美和にはよくわかる。

「室長はどうなんですか」

「なにが」

「おつきあいされている方、いないんですか」

美和は届いたビールをひと口飲んだ。

ふつう、ひとり身の男に彼女はいないのかと尋ねられたら、「いないんですよ〜、誰かいい人いませんかね〜紹介してくださいよ〜」などという返答が返ってくるものだが、渡瀬はさっさと話を美和にふってきた。話したくないようである。

それはつまり片想《かたおも》いの相手がいるか、他人には言えない恋をしているかではないだろうか。ちらりとそんな予感が胸をよぎったが、喋らない相手を詮索《せんさく》する気はない。よけいなお世話だと思われただけかもしれない。自分も「ああ」と短い返答で済ませた。

「本当に?」

「なんだよ。いたら山崎なんかにからかわれてねーよ」

「なぜ作らないんですか」

あっさり引いた美和とは反対に渡瀬はつっこんできた。テーブルに並びはじめた料理には手をつけず、まじめな調子で尋ねてくる。

「おいおい。一生を研究に捧げるとかって山崎が言ってたこと、真に受けたのか?　なんで作らないって宗教家じゃあるまいし、できないからに決まってるじゃねーか」

美和が不機嫌そうに顔をゆがめたのを見て、渡瀬が早口でつけ足す。

「いや、真に受けたわけではないですが、室長のほうこそもてるのに、なんでかな、と。好きな人でもいるのかと思って」

「ばかか。もてるか。嫌味だぞ」

「大人気じゃないですか。山崎さんや大豆生田さんを筆頭に、研究員はみんな心酔してるし」

「男ばかりじゃねーか」

「そうでした。男はだめですか?」

渡瀬は口元に薄く笑みを浮かべて箸《はし》を取った。冗談なのか本気なのか、いまいち判別のつかない表情。

「あのな。ゲイの友人を紹介してくれとは言ったが、俺はゲイじゃねぇ。男にもててどうするよ」

ではゲイじゃないのにこれから自ら進んで男に抱かれようとしている自分はいったいなんなのだろうかと美和は苦々しく口角を下げ、舌打ちしたい衝動を抑えながら渡瀬の綺麗な箸使いを眺めた。

彼の箸は形を崩すことなく冷奴をすくい、器用に口へ運ぶ。

「室長の場合、ネックはそのはっきりしたもの言いでしょう? そこさえ気をつければ女性にだって不自由しないと思いますけど」

「そう簡単に言うけどな。ずばっと言っちまうのは理系人間の性《さが》だろ。常日頃、極限まで枝葉をとっぱらった簡潔明瞭《めいりょう》な文書作りに精出してる人間に、婉曲話法を求めるほうが無理だと思わねーか？　おい、首かしげるなよ。同類のおまえが否定すんな。とにかくそこを改善してまで彼女がほしいとも思わねぇんだよな。めんどくせぇよ。女の無駄話につきあってるよりは、仕事してたほうが楽しいと思っちまうし」

もてない男がこういうことを口にするのは言い訳がましくて我ながら辟易《へきえき》する。喋りながら閉口したい気分になった。

美和も見た目はよいのだ。口さえ直せばとか女性にはやさしく接しろとかいう忠告はさんざん受けてきたし、本人も渡瀬に言われるまでもなく自覚している。

だが、その口が直らないからこそ彼女いない歴十数年の実績を積んでしまっているのである。それほど積極的に彼女がほしいと思っていたわけでもないのもまた事実ではあるのだが。

上司に否定を禁じられた男は、そうですか、と神妙な面持ちで頷《うなず》いていた。

それを皮切りに、男ふたりの雑談がはじまった。

週末はなにしてるんだとか新モデルのパソコンはどこがいいとか、住まいやら車やら実家のことやらさらには仕事に政治に天気予報、おまけに行きつけの散髪屋に学生時代の部活の話と雑談をし尽くして、いいかげん話題がなくなりぽつぽつと沈黙が落ちるようになった頃、渡瀬が静かに切り出した。

「ご友人、来ませんね」

気づいたら二十一時をまわっていた。店内は満席。酔っ払ったオヤジの喧騒《けんそう》で溢れる中、ろくに酒も飲まず、食べ終えた皿も下げられたまま追加注文するでもなく席を立ちもしないふたり連れは、いささか異質な空気を漂わせていた。

「そうだな。おまえのほうもな」

友人たちは仕事が終わり次第ここに来ることになっている。もちろん美和のほうはうそなので、いつまで待っても来ないのだが。

「……本当に、来るんですか？」

「あ？」

グラスの水滴で濡れたテーブルをおしぼりで拭《ふ》きながら、渡瀬が探るように美和の顔を見た。

「この話、友だちというのはうそなんじゃないですか？」

ずばり言い当てられて、内心うろたえる。しかしここで負けてはいかんと美和は持ち前の眼力を発揮して見返した。

「なんで俺がそんなうそつかなきゃならねぇんだよ」

「それがわからないから黙ってたんですが。でも、うそですよね。あのときの室長、目が泳いでましたし」

「……」

完全に見破られている。うその上塗りは通用しそうにない。

「もしかして遠まわしに俺を誘ってるのかとも考えてみましたが——」

「んなわけあるかっ」

「じゃあ、どういうことなんです」

それが言えたら苦労はしない。自分自身、己の正気を疑ったほどだ。バカ正直に打ち明けたりしたら、科学者としての資質と人格を疑われることは間違いない。

だんまりを決め込んでいると、むかいにすわる男の口からちいさなため息が漏れた。

「じつは俺のほうも、友人は来ません」

「なんだと」

「どう考えてもわけありっぽいのに、そう易々《やすやす》と応じられませんよ。ですから諦めて、事情を話してくれませんか。力になりますから」

なんて可愛《かわい》くないまねをするのだ。従順な部下を持ってよかったと喜んだのに、あのつかのまの喜びを返せ。美和は憤慨し、力を込めて睨みつけてやったが渡瀬は意に介さず言葉を待っている。

「事情は言えない。力になりたきゃ知りあいを紹介してくれ」

こちらは時間がないのだ。苛立《いらだ》ちをあらわにして頬杖《ほおづえ》をついた。

「……もしかしてやくざ絡みですか」

渡瀬が声をひそめて顔を近づけてきた。

「借金のかたにAV撮られるとか。それで相手を探し――ゴフッ」

「アホかっ」

まじめな顔でとんでもない想像力を働かせる男の頭を殴ってやった。

ナマで中出し云々という奇天烈な条件を聞いたらあやしげな方向へ考えるのも無理はないのかもしれないが、そういうことだったら美和も隠さずさっさと口を割る。事実はとほうもなくばかばかしくて死んでも口外できない。

「もういい。時間とって悪かったな」

これ以上いても時間の無駄だと見切りをつけて席を立とうとしたら、それより先に腕をつかまれた。

「離せよ」

ムッとして睨むと、男の切れ長の眼差しと真正面からぶつかった。その瞳の妙に熱のこもった様子に一瞬たじろぎ、動きが止まる。

「――本気で、男に抱かれる気ですか」

低いささやき声はなぜか怒気を孕《はら》んでいて、腹の底まで響いた。

「俺、好みのタイプに当てはまってますけど」

「え……」

「俺じゃだめですか」

渡瀬の表情は真剣そのもので、冗談でもからかわれているわけでもなさそうだった。

美和が言葉を失っていると、渡瀬は踏み込むように言葉を重ねてくる。

「病気を持ってなければ誰でもかまわないって言ってましたよね。だったら俺でもいいでしょう」

「いや、だが」

たしかに誰でもいいとは言った。だが、渡瀬は部下である。明日もいっしょに仕事をする仲間なのだ。やりにくいことこの上ないし、バレたらとんだ醜聞だ。

「今日じゅうに相手を探さなくちゃいけないんですよね。あと二時間二十八分。まに合いますか？　どんな事情か知りませんが、関係者は最小限に留《とど》めたほうがいいんじゃないですか？　俺だったらすでに知られてるんですし」

たたみかけるように説得され、気持ちが揺らぐ。

『美和！　せっかく申し出てくれておるというのに、なにをためらっておる！　こやつに決めよ！』

美和の煮えきらない態度に、それまで静観していた妖精が叫ぶ。

『いまから探せると思うておるのか？　もう時間がないのじゃ。これを逃したら我らは野垂れ死ぬ運命しか残されておらぬのじゃ。この男のなにが気にいらんのか知らぬが、いっときのことじゃ、我慢せよ！』

渡瀬が気にいらないわけではないのだ。知りあいだからこそ踏みきれない。見知らぬ相手のほうがいっそ割り切れただろう。

なおもためらう美和に、オヤジ妖精が頭の中で騒ぐ。

わかっている。こうしているあいだも身体のだるさは確実に悪化しており、渡瀬や妖精の言うようにいまから探すのではまにあいそうにない。

妖精に背を押され、美和は迷いながらも口を開いた。

「……本気かよ」

「はい」

「だが、おまえ……男、抱けるのか」

「はい」

「……相手は、俺、だぞ」

「はい」

渡瀬は微塵《みじん》も躊躇《ちゅうちょ》せず、打ち返すような速さでふたつ返事を返してくる。

彼がこんな態度に出てくるとは思ってもみなかった。予想外の展開に頭が混乱している。

渡瀬と抱きあう。そう思ってみたら急に鼓動が速まりだして、身体中が熱くなった。

どうしよう。

本当に自分は部下に手を出すつもりなのか。それでいいのか。

それでももう道は残されていないことははっきりとわかっている。いまさら悩んだところで手の打ちようはなく、捨て鉢になるしかない。今夜じゅうに精気を補充できなければ死ぬのだ。恥も外聞もない。

『おぬしは死にたいのか？　抱かれる覚悟でここへ来たのじゃろう！　踏み出せ！』

そう。命を取られるよりは、ましだ……。

痛いほどまっすぐに見つめてくる視線から目をそらし、跳ねあがる鼓動を抑えるように静かに告げる。

「……よろしく頼む」

覚悟を決めたら、胸がいっそう大きく震えた。

五

ドラッグストアに寄ってから代行でむかった先は美和の住まい。1LDKの賃貸で、どこにでもあるふつうのマンションである。会社の敷地内にある独身寮は三十五歳までしかいられないので、三年前にここを斡旋されて移り住んだ。特別住み心地がいいわけでもないが、これといった文句もない。

二階なのでエレベーターは使わず階段を上り、自宅へ着くまで互いに無言を保った。

三十八年の人生でいちども感じたことのない特殊な緊張感に包まれて、美和は何度も唾を飲み込んだ。店を出てからというものずっと、短距離走をしたあとのように鼓動が高速で打ち続けており、うるさいほどだ。

頬も熱い。頬だけでなく、全身が熱く火照っていた。

これではまるで期待しているようではないか。

そうではなく、未知の体験に緊張しているだけだと己に言い訳しながら、渡瀬に見られないようにこっそりと胸を押さえて深呼吸をした。

玄関を開け、室内が暗いことを確認すると、渡瀬はあからさまにほっとした表情を見せた。

「よかった……」

「どうした」

「誰もいないようなので安心しました。具合が悪いのはもしかしてひどいことを強要されていたせいかと思ったりもしたので」

「おまえ、まだやくざ関連だと疑ってやがったのか」

内心呆れながら玄関に入ると、渡瀬に腕を引かれた。よろめき、目の前の広い胸に取り縋りかけたがそれより先に背に腕がまわされ、強く抱き締められた。

美和の身長は一七五。渡瀬は一八〇。身長差はさほどでもないが身体の厚みは歴然としていて、抱き締められるとすっぽりと包み込まれているような感覚になる。

渡瀬は学生の頃からテニスをしていて、現在も週末にクラブの仲間と打ちあっているとか。体力を落とさないようにジムにも通っているとか。会社と家との往復だけで運動とは無縁の自分とはえらいちがいだと先ほど居酒屋で得た情報を思い返していると、男の顔が近づいてきた。

「え、おい、ちょっと待て、まだ玄関——」

あらがうまもなく唇をふさがれた。やわらかくしっとりした感触に心臓が収縮し、ぎゅっと目を瞑った。

ふれあうなりすぐさま舌が忍び込んでくる。

熱いそれは腹をすかせた犬のように性急かつ貪欲《どんよく》に口腔内をむさぼる。上顎をなぞり、舌先をつついたかと思うと、奥まで舌を伸ばしてきて美和のそれを根元から搦《から》め捕《と》る。強引に荒々しくかきまわし、次にはやさしく吸われ、容赦のない攻め手に次第に官能を引きだされていった。

「……ん、……」

気づけば美和も積極的に応じていた。男とのキスなど気持ちが悪いだけだと思っていたのだが、これもオヤジ妖精の影響なのだろうか、尋常でなく興奮していた。舌先から渡瀬の精気が体内に流れ込んでくるのがわかる。身体に力が戻ってくる。それが気持ちよくて、夢中になって舌を差し出した。

「美和、さん……」

息を弾ませながら艶《つや》めいた声がささやいてくる。いったん離された唇を、今度は美和のほうから求めにいった。

「ん……ふ、ぅ……」

渡瀬のたくましい首に腕をまわし、深く唇を合わせる。彼の舌は甘く感じた。混ざりあった唾液《だえき》が口の端からこぼれ、顎を伝う。その刺激に喉《のど》を鳴らすと、抱き締める男の体温が跳ねあがり、背にまわされる腕の力が強まった。

骨が軋《きし》むほど強く抱き締められ、美和も応《こた》えるように縋りつく。

「美和さん……美和さん……」

互いの舌を存分に味わうと、くちづけを解き、渡瀬が美和の顎を伝う唾液に舌を這《は》わせた。顎から首へと辿《たど》っていきながら、美和のジャケットを脱がす。それからやや細めのその身体を壁に押しつけ、シャツのボタンをはずしはじめる。

お互い、まだ靴を履いたままである。玄関の照明すらつけていない。

「……なぁ。とりあえず中に入ろうぜ」

さすがに我に返って促してみたが、渡瀬はいっこうに中断する気配を見せずに鎖骨にくちづけを落とし、美和のシャツをまくりあげて素肌に手を這わせてくる。

「寝室、どこですか」

渡瀬の指が腹から胸元へと上ってきて、ふたつの突起にふれた。美和の肩がぴくりと揺れる。

「そ、この……、手前の部屋だが、その前に風呂《ふろ》に入りたくないか?」

「いいえまったく」

「んじゃあ俺入ってく――」

「すみません待てません」

言い終える前に断りを入れられ、荷物のように肩に担がれてしまった。渡瀬が靴を脱いであがる。

「なっ？」

そのまま寝室へ運ばれ、寝乱れたままのベッドの上に転がされる。渡瀬は手早く上着とシャツを脱いで上半身裸になると、ぼけっと寝転がっている美和の上にのしかかってきた。

美和は唖然《あぜん》として男を見あげた。変なものに取り憑かれた自分がサカるのはわかるが、なぜ生贄《いけにえ》のほうがやる気満々なのか。溜まっていたのだろうか。それともデブ専ならぬオヤジ専だろうか。見おろしてくる男の瞳はおそろしく真剣で切羽詰まった色を滲ませており、くだらない質問をできそうな雰囲気ではなかった。

そういえば、ゲイの友だちの有無は訊いたが、渡瀬自身がどうなのかは訊いていなかった。

黙っていられず、美和は口を開いた。

「おまえ、男を抱いた経験あるのか？」

「はい。入社してからはいちどもないですけど」

喋りながら靴を脱がされ、下着ごとズボンをおろされる。

「そうか。その、俺は男との経験ってなくてさ、勝手がわからないんで、どうすればいいのか教えてくれ。負担はかけたくないから、よろしく頼む」

情事の最中だというのに、仕事中のような言い方になってしまった。それが照れ隠しであることは相手にも伝わったらしい。渡瀬の頬がかすかにゆるんだ。

「うしろは使ったことないですか？」

「ああ」

渡瀬の手が再び美和のシャツのボタンをはずしていく。

ボタンがすべてはずされると、シャツの前身ごろが開かれた。美和の白い肌と色づいた胸の突起が薄暗い室内に浮かびあがる。

「今日は、使っていいんですよね」

渡瀬が目を細めて上から下へと視線を這わせていく。下半身はすでに脱がされており、その無防備さに美和の目が泳ぐ。中心は先ほどのキスでわずかに硬くなっていた。それを見られるのだと思うとすこし恥ずかしい。

「……俺が、美和さんのバージンもらっていいんですよね」

渡瀬が呟きながら身を屈《かが》めた。恥ずかしい言葉を使うなと言いたかったが、顔を伏せた男にいきなり中心を咥《くわ》えられ、言葉にならなかった。

なにやらすごくがっつかれている気がするが、男同士だとこんなものなのだろうか。女性相手だとキスしてペッティングして、という感じで徐々に昂ぶらせていくものだが、男の胸をさわってもしかたがないのかもしれない。

それよりさっさと中心を咥えてしまったほうが速効で気持ちよくしてやれて、初心者でも逃げられないということか。

——などと、冷静な感想を抱けたのはそこまでだった。渡瀬の頭が動きだし、意識のすべてがそこに集中する。

「う……」

あまりにも巧みな口淫《こういん》に、自然とうめき声がこぼれた。

生温かくぬめった口腔に亀頭部をすっぽりと覆われ、やわらかく吸われる。ぬるぬると淫《いん》猥《わい》な動きで舌が絡んできて、くびれに巻きつく。茎も陰囊《いんのう》も丁寧にしゃぶられ、筋をなぞられる。一気に血液がそこに集中し、勝手に腰が揺れてしまう。

すこしだけ兆していたそれはまたたくまに硬く成長してしまった。

大きく開かされた脚のあいだで、男の頭が熱心に蠢《うごめ》いている。男の、それも部下だ。普段はストイックにデータを追いかけるばかりで業務の話しかしたことのなかった仲間とこんなことをしているのだと思うと、女にされるよりも数段卑猥な気分になった。固唾を吞んで凝視していると、ふいに上目遣いに見あげられた。

獣のようにぎらついた、興奮し切った眼差し。なんとなく目を離せなくなって見つめると、渡瀬も視線をそらさぬままゆっくりとそれを口に含んでいった。

片手で美和の内腿《うちもも》を押さえ、もう一方の手で陰毛をかき分けて茎を握る。

唇に圧をかけながら限界まで深々と飲み込み、ねっとりと舌を絡ませながら引き抜いていく。渡瀬の品のいい口から出てきたそれはこれ以上なく赤黒く怒張しており、唾液まみれでいやらしくてらてらと光っていた。

見つめ合ったまま、ことさらゆっくりとした抽挿が続く。いちど、口から出されて、尖《とが》らせた舌先で先端を舐《な》めてみせられた。粘性のある先走りの糸が引き、己の興奮具合を示されて、恥ずかしさのあまり全身が朱に染まった。

さすがに見ていられなくなって目をそらすと、ベッドの端に投げられていたドラッグストアの包みを渡された。帰宅途中に渡瀬が購入したものだ。

「開けてください」

包みの中にはチューブタイプの潤滑剤が入っていた。

シャツを中途半端にまとい、靴下は履いたまま。仰向《あおむ》けで大きく開脚し、昂ぶりを咥えられたままの姿勢で潤滑剤のパッケージを破る。

チューブキャップをはずすと渡瀬の大きな右手が手のひらを上にして伸びてきた。わずかに逡巡《しゅんじゅん》してから、指先に透明な液体を垂らしてやる。すると手が下がっていき、尻《しり》のほうにふれた。

冷やりとした感触に息が詰まる。濡れた指先が入り口を探る。

ああ、いよいよかと思うと、未知の体験に緊張する。

ただ、事前に想像したような拒絶反応は精神にも肉体にも見当たらなかった。男に身体をさわられているのに、半裸の男にのしかかられているのに、実際体験してみると、それは想像していたよりも不快ではなかった。

美和の緊張を感じ取ったようで、フェラのペースがいくぶん加速した。気を紛らわせようとしてくれているようだ。

それでもどうしても緊張がほぐれず、逆に身体をこわばらせていれば、見かねた妖精が口を出してきた。

『男ははじめてだからのう。わしもな、おぬしに嫌なことを強いてすまないとは思うておるのじゃ。よし。すこしでも楽になるように、気持ちよくなる魔法をかけてやろう。なに、心配はいらん。わずかじゃが精気も補充できたことだし、今度はうまくいくじゃろうて』

またもや無謀なことを言いだしている。何をする気だと美和は慄《おのの》いたが、妖精の行動を阻止する術《すべ》はなかった。

「な……、……あ?」

まもなく腹の辺りがほのかに温かくなり、じわじわと末端まで広がっていった。それと同時に全身の神経が研ぎ澄まされたように鋭敏になる。

『うまくかかったぞよ』

妖精の声が響くが、もはや美和の耳には届いていなかった。

ぬめりをまとった渡瀬の中指が、入り口の周囲を円を描くようにクルクルとなぞる。その感覚に、身の内からぞくぞくするような不思議な快感が湧き起こってきて、腰をよじった。

「あ……や……、なんだ、これ……」

「嫌、ですか?」

渡瀬が中心から口を離して様子を窺う。

「ちが……、なんか、身体がおかしくて……、んっ」

魔法により、美和の身体は数段敏感になり感じやすくなっていた。

ただなぞられているだけだというのに、熾火《おきび》が燻《くすぶ》るように身体の奥が熱くなり、息があがった。それだけでなく、もっとふれてほしくてたまらなくなり、自ら脚を広げて局部をさらした。

渡瀬がごくりと喉を鳴らす。

「は、ぁ……わたせ……」

無意識に男の名を呼ぶなり、入り口をなぞっていた指先に圧がかかった。美和の呼吸に合わせて潜り込んでくる。

「あ……、あ……っ」

埋め込まれた指がやわらかな体内で蠢く。その感覚に声をあげそうになり、両手で口を押さえたが、それで快感がおさまるわけもなく、くぐもった声が喉から漏れた。

「声、我慢しないで。いいところ、教えてください」

『美和の一番いいところはもうすこぅし上じゃろ』

渡瀬の問いに妖精がわけ知り顔で答える。もちろん渡瀬には聞こえていないのだが。

『美和、上と言ってやれ』

「うえ……？」

快感に支配された美和が妖精の助言をそのまま口にする。すると体内の指が奥へと進み、前側の腸壁をこするように刺激された。

「あ――っ！」

とたん、はじけるように腰が跳ねた。続けざまにそこを刺激されて快感物質がどっと放出して全身を駆け巡る。

たまらず女のような嬌声《きようせい》があがる。

「あっ、あっ……、そ、こ……っ！」

「ここですね」

「なん……これ、すご……、……っ」

いままで味わったことのない快感に飲み込まれ、神経がおかしくなりそうだった。声を我慢するなと言われずとも、我慢など到底できない。わけのわからない言葉を口走ってしまいそうだ。

渡瀬がふたたび美和の昂ぶりに舌を絡ませてくる。舌と指を連動して動かされて、叫びだしそうなほど喜悦が増幅する。

『乳首もよかろう。教えるのじゃ』

「胸、も……」

妖精にそそのかされて口にすると、彼の左手が潤滑剤をまとい、濡れた指先で美和の乳首をつまむ。

「ひ……っ、ぁ……」

乳首で感じたことなど、いままでいちどもない。だがぬめった感触と下の刺激との連鎖反応で快感が驚くほどの相乗効果となって生みだされた。

耳元でどくどくと血が駆けめぐる音が響き、身体中が沸騰する。はぁはぁと荒い息をくり返して胸を喘《あえ》がせて、さらなる刺激を期待してしまう。

頬が熱い。視界が涙でぼやける。欲情した、いやらしい顔をしているだろうと思う。その顔を渡瀬にずっと見られていると思うと居たたまれなくて顔を背けるが、背けていても痛いほどの視線を感じた。その視線が羞恥を煽《あお》り、血を沸き立たせる。

体内に、二本目の指が埋め込まれた。襞《ひだ》を広げるような動きをしながら中をかきまわされ、身も世もない快楽に身がよじれそうになり涙がこぼれた。

「もっと力抜いて楽にして」

そう言われても快感が強すぎて、力の調節が利かない。力を抜いたらすぐにでも達《い》ってしまいそうだ。

浅い呼吸をして意識的に力を抜くようにしていると、やがて三本目の指が挿入された。

「あ、あ……っ」

「達きたかったら達っていいですよ。我慢しないで」

本人以上に美和の状態を把握している男が、丁寧な指使いで的確にいい場所を攻め立てて追い詰めてくる。

潤滑剤を追加され、そこからぐちゅぐちゅと湿り気を帯びた卑猥な音が生まれて羞恥に見舞われたが、興奮と悦楽がそれを凌駕《りょうが》する。男ふたりの荒い息遣いと淫靡《いんび》な水音が室内に密《ひそ》やかに響き、理性を失わせる。

時間をかけてほぐされるうちに入り口が溶けだした。与えられるのは延髄が蕩《とろ》けそうな快感ばかりで、下腹部で熱が渦を巻き、腹筋と内股《うちまた》がびくびくとふるえだす。

「わた、せ……。っ……、も、出る……」

喘ぎながら訴えるも、渡瀬は動きを止めなかった。それどころかさらに激しく追いたてようとする。

「や、め。ほんとに、出る」

「このまま達ってください」

渡瀬はひと言告げて、限界間近のそれをきつく吸い、茎を強く扱《しご》いた。

「く、——っ!」

美和はやめさせようとして男の黒髪をつかんだが、急激な浮上感を我慢できずにそのまま男の口の中へ射精した。

「は……あ……」

欲望を解き放ち、四肢から力が抜け落ちる。久々に感じた解放感は、身体がばらばらになったかのような凄《すさ》まじい快感だった。

放心して乱れた息を整えていると、渡瀬が口元を拭《ぬぐ》いながら身を起こした。その喉仏が大きく上下する。飲み込んだらしい。

「ちょ……、おまえ」

ティッシュに出せと言いそびれてしまった。

「飲まなくても……」

「飲みたかったんです。美和さんの」

渡瀬が色っぽい笑みを浮かべる。

「な……っ」

まるで恋人のようなことを言われて絶句した美和は、見るまに熱された石炭のように顔も耳も真っ赤に染めあげ、男の濡れた口元を見つめてしまった。

「すごく感度がいいんですね。続きが楽しみで、燃えます」

さらにそんなセリフまでさらりと吐かれてしまい、どう反応すればいいのかわからなくて赤い顔をして押し黙る。

渡瀬はそんな美和を見つめてくすりと笑い、ズボンと下着を脱ぎ去った。現れたものは、これ以上なく興奮し、腹につくほど反り返っていた。

その猛々《たけだけ》しさを目の当たりにして美和は思わず唾を飲んだ。

先刻までは、それを身体の中に受け入れることにとてつもない抵抗があったはずだ。それなのにいまは嫌悪感など微塵もなく、不安も払拭《ふっしょく》されていた。

「腰、あげて」

興奮し切ってかすれた声に促され、腰を浮かすと下に枕を添えられた。

「いいですか」

両脚を抱えられ、M字に開脚させられる。人目にふれたことのない密やかな場所がすべてあらわになり、渡瀬の眼前にさらされる。

渡瀬がそこをじっくりと見つめている。その舐めるような視線を浴びて、入り口がひくついた。

「早く、しろ」

恥ずかしさのあまり美和の催促の声もかすれた。

ついにくる、と思うと胸がドキドキしてしまう。

渡瀬の身体が動いた。

硬いものが皮膚に当たる感触がして、そこからぬちゃ、と湿った音がした。圧迫されて、入り口がゆっくりと口を開ける。開かれる。

「――、っ、は……」

様子を窺うように、じわりじわりとすこしずつ貫かれた。潤滑剤にまみれて濡れた狭道は、弾力のある粘膜。そこを硬いものでめいっぱい広げられ、埋め込まれていく。それは焼き鏝《ごて》を挿し込まれているのかと思うほど熱くて身悶《みもだ》えした。

辛《つら》いのではない。いいのである。そこに猛りを挿《い》れられただけなのに、気が狂いそうなほどの快感を覚えて、腰が、舌が、指先が、痺《しび》れるほどにふるえてしまう。

指とは比べものにならない熱さと体積、充実感に息が詰まり、身体がわななく。目を開けていられない代わりに口が閉じられず、嬌声ともうめきともつかないかすれ声が飛び出した。

「あ……ぁ、んっ……」

どこまで入ってくるつもりだろうかと思うほど、身体の奥深くまで押し入られる。渡瀬が腰を進めるごとに、結合部から粘着質な音がする。

入り口の括約筋がひくつき、体内も激しく蠕動《ぜんどう》しているのがわかった。

尻に男の陰毛がふれ、次いで下腹部が密着する。根元までみっちりと嵌《は》め込まれたらしい。

渡瀬は荒い息をくり返し、衝動を抑えていた。

「だいじょうぶ、ですか」

苦しげにかすれた声。苦悶の表情。体内の異物はいまにも爆発しそうで、渡瀬のほうも本当は気遣う余裕もないほどいっぱいいっぱいなのだとわかる。

「ん……」

ただ、挿れられただけ。それなのに、達ったばかりの美和の中心もふたたび熱を持ち、硬く勃《た》ちあがっていた。

「動きますよ」

たったいま埋め込まれたものがずるりと引き抜かれる。そしてずぷんと音を立てて再び突き入れる。とたん、頭が真っ白になるほどの歓喜に襲われ身体がふるえた。

「あ……、アッ……」

硬く太いもので内壁をごりごりとこすられ、脳も脳髄も蕩けるような快感が全身に迸《ほとばし》る。腰をまわして中をかき混ぜられれば、背が仰《の》け反り、脚が跳ねる。強い反応を示すと、その部分をさらに攻めたてられ身悶えした。

「あぅ……、んっ、……ぅ」

ゆるやかだった抽挿が徐々に加速してくる。渡瀬の手が美和の中心を握り、腰の動きに合わせて刺激を加えてくるからたまらない。

感度をあげられ、気持ちよく感じられるだろうとは予想していた。しかしこれほどとは想像もしていなかった。

「あ、ぁあ、わ、たせ……、もっと……っ、あっあっ、……そこ、突いて……っ！」

はじめてなのにねだる言葉が口をついて出た。

「こう?」

「……は、っ……、いい……っ！　ぁ、あ……やっ……」

年上で上司という立場も忘れて夢中になり、積極的に腰をくねらして男を受け入れる。

「ん……もっと……っ、ぁ……もっと、激しくして、いいから……っ」

快楽に支配された身体は美和から理性と羞恥を奪い去っていた。シーツを濡らして泣き乱れ、よがり、欲望を口走ると、律動が一瞬止まる。渡瀬がギリと奥歯を嚙《か》み締めた。

「そういうことを言うの、反則……」

叩きつけるようにいっきに最奥まで貫かれ、美和は声をあげた。

気がおかしくなりそうなほど気持ちいい。

「勘弁してください」

「な、にが……、あ……っ」

「暴走しそうなの、必死に抑えてるのに……」

美和の積極的な態度に煽られて、渡瀬の抜き差しが激しくなる。

縋るところがほしくて手を伸ばすと、男の左手が差し出される。握り締めるとそのまま渡瀬は上体を倒し、美和の乳首に嚙みついた。

「――あ、ぅ」

中を抉《えぐ》る角度が急激に変わり、反射的にそれを締めつける。すると埋め込まれている渡瀬の太さを改めてはっきりと感じ、息があがった。

発汗して全身が濡れていた。曲げた膝裏から汗が流れ落ちる。そんな感触にまでぞくぞく感じてしまうこの身体は、どうかしている。

身の内から溢れ出る歓喜がはたしてオヤジ妖精のものなのか自分のものなのか判別もつかないが、そんなことはどうでもいいと思えるほどの快楽の奔流《ほんりゅう》に飲み込まれ、美和はしばし我を忘れた。

「く……、やばい。あまり、長く持ちそうにない、です……っ」

「俺、も……」

答えたとたん、体内に埋没したものの硬度が増した。一拍遅れて、抽挿のリズムが加速する。

脚を抱え直され、腰が宙に浮き両足裏が天井をむく。そこへ覆いかぶさってきた渡瀬が上下に激しく腰を打ちつけてきた。垂直に奥深くまで突き入れられ、ぎりぎりまで引き戻される。

あまりにも気持ちがよすぎてめまいがする。

「あ、ぁあ、は……っ、これ、すげぇ……、いい……」

もっと快感を引き出したくて、正気だったら絶対言わないような言葉を使って相手を煽った。

「……中に出して、いいんですよね……」

ふたり、ほぼ同時に絶頂を迎えた。

六

カタ、カタカタカタカタカタ、カタ――

スターラーに乗せたフラスコの振動音が研究室内にちいさく響く。

「御頭ぁ、どうしましょう。ガスクロの結果が出たんですけど。この数値、やばいっすよねぇ」

山崎が持ってきたガスクロマトグラフィーの分析結果は、明らかに予想範囲外だった。

「ああ…、だな。なんでだろ」

「バッファーの設定条件がまずかったか、あるいは、抽出温度が高すぎたのかな、と」

ひとつの研究室内でも研究題材によっていくつかのグループにわかれており、美和は山崎と組んでいる。

「それって最高条件の見直しからやり直しじゃねーか」

「やっぱり、そうなりますよねぇ……」

「俺も検証してみるから、詳しいデータが出たら教えてくれ。それからあとでいいんだが、ナンバー二十五の案件、類似案件がないかリサーチャーに問いあわせてもらえるか」

「了解っす。——ところで御頭、身体、だいじょうぶですか」

去りかけた山崎がふと思いついたように問いかける。

「なんでだ。問題ないぞ。治ったたって朝も言っただろーが」

「たしかに顔色はよくなったけど……、なんだか、動きにいつもの切れがないような」

「ああ、そりゃあれだ。太極拳の動きを実生活に応用してみようと——」

「だからそういう無意味な強がりはいらないですってば」

山崎のつっこみはかるくとぼけて受け流し、自分の作業に戻る。が、部下は戻ろうせず、美和の顔を見おろしてくる。

「なんだ」

まだほかにも言いたいことがあるのだろうかとすわったまま見あげると、山崎の顔が山桃のように急激に赤らんだ。美和に目線を合わせたまま、よろけるように一歩後ずさる。

「す、すみません、なんでもないっす」

とてもなんでもないようには見えない。山崎は動揺した素振りでわたわたと戻っていき、途中で事務椅子に蹴《け》つまずいていた。にわかに挙動不審者となった部下の背を首をかしげて見送りつつ、美和はこっそり腰をさすった。

腰が重くてだるい。脚や腰まわりはもちろんのこと、どうしてこんなところがという場所まで筋肉が疲労し乳酸を溜め込んでいる。

日頃の運動不足の成果である。そして昨夜の激しい運動の成果でもある。男ははじめてだというのに調子に乗って三回戦まで挑んでしまった。

渡瀬から精気をもらえて例のだるさは回復したものの、今度はべつの種類の倦怠感《けんたいかん》が全身に蓄積している。うしろも、いまだに物がはさまっているような痺れた違和感を感じる。明日あたり本格的な筋肉痛が出はじめるかもしれない。

いきなり無理をするものではない。わかってはいたが、昨夜のセックスは本当に気が狂いそうなほどよすぎて理性をなくした。いままで男を知らずに生きてきてもったいなかったかもと勘違いしそうなほどに。

それは実験の分析結果以上に予想範囲外のことだった。

二度目も三度目も、美和のほうから求めた。三度目を求めたときはさすがに渡瀬に引かれそうだと思ったが、渡瀬は美和の身体を気遣いながらも応じてくれて、しかもまだいけそうな感じだった。

そのまま眠り、朝は美和の運転する車でいっしょに出勤した。渡瀬がゲイだなんて噂は誰も本気にしていないので話題にもならないし、説明せずとも『具合の悪い上司を朝まで看病した上司思いの部下』と、皆で勝手に美談に仕立てあげてくれた。

美和は離れた場所にいる渡瀬に目をむけた。あいかわらず黙々と作業をしている。美和もいつもと態度を変えぬように努めているつもりだが、どうしても意識がいってしまう。

あれほど熱く激しく身体を重ねてからまだ半日とたっていないのだ。とんでもない痴態を見せてしまったが、渡瀬はどう思っているのだろうと気になったりもする。だがそれよりもいまは仕事である。渡瀬から視線をもぎ離し、パソコンへむかったところで研究室の扉が開いた。

現れたのはサルトリオのかろやかなスーツを身にまとい、ボッテガ・ヴェネタの鞄《かばん》を携える伊達《だて》男。

「やほ～、美和～」

同期の橋詰《はしづめ》だった。ひらひらっとこちらに手をふってくる。

「よお。めずらしいな」

陽気な笑顔につられて美和も顔をほころばせた。

三年前に研究所勤務から東京本社へ転属となり疎遠になっていたが、以前はしばしば飲みに行ったりした仲だ。

旧知の客を迎えようと立ちあがる。するとそれまでなりをひそめていた例の声が頭の中で響いた。

『おおお、美和よ。あやつをげっとするのじゃ！』

出入り口へむかいかけていた足が止まった。あやつ、とは。

「……橋詰？」

『そうじゃ。あの精気の匂いはわしの好みじゃ。特上じゃ』

なに言ってやがるてめぇ、と美和は心の中で罵った。昨日散々渡瀬のをもらったばかりではないか。それに仕事中は話しかけない約束だ。

『おぬしには例の、男を惹きつけるフェロモンを出す魔法をかけ直しておいたからの。ちょっと誘えば乗ってくるはずじゃ。仕留めるのじゃぞ』

魔法をかけ直していただなんて、初耳である。いつのまにそんな勝手なまねをされていたのか。

山崎の挙動不審な態度。あれはまさか、と不吉な予感が脳裏をかすめる。

妖精とは声に出さずとも頭の中で直接会話ができることは今朝判明した。どういうことだと尋ねれば、妖精は悪びれずに答える。

『精気が補充されて多少は力も回復したが、まだ全然足りんのじゃ。おぬしにはもっともっと精気を搾取してもらわねばならんからの。これで今夜はよりどりみどりじゃ』

まずはあやつからじゃな、などとうきうきしている。

昨日したばかりなのに、今夜もしろと言うのか。しかも「まずは」などと言っているあたり、ひとりに留めるつもりがないようで恐ろしい。

『なんじゃ。三日にいちどというのは最低らいんじゃぞ。おぬしだって毎日食事をするじゃろう』

人の身体に許可なく妙な魔法をかけるのはやめてくれと言っても、妖精には理解してもらえない。

『これでおぬしはもてもてで、昨日のように相手探しに苦労をせずとも済むのじゃ。助かるじゃろ?』

ありがた迷惑とはこのことではないだろうか。

「……無理だっつの」

今夜もだなんて、身体がついていかない。

拒否すると、耳障りな声がうるさく抗議してきたが、振り払って出入り口にむかった。

「ちっと休憩してくるわ」

「ほーい」

山崎に言い置いて、橋詰と連れ立って研究室を出た。

「で、どうしたんだ」

「じつは今度イギリス支社へ出向することになってさ。あいさつに来たんだ」

「そりゃそりゃ。おまえ、英語得意だったたっけ」

「そうだな～、美和よりは」

橋詰は同期の中ではひときわ垢抜《あか》けていて、モデル並みの容姿の男である。フェロモン撒《ま》き散らし系とでも言おうか、すれ違う女子社員がチラチラと視線を投げてくる。

「出向って三年だよな。帰ってきたら昇進だな」

廊下の一角に自販機と椅子が設置された休憩スペースがあり、そこでドリップタイプのコーヒーを買って腰を落ち着けた。

「ん〜。だけどおまえの顔見たら、日本から離れたくなくなったかも」

脚を組んでとなりにすわる男が、艶っぽい流し目を送ってくる。誰彼かまわずフェロモンビームを送ってくるのはこの男の昔からの習性だ。

「よく言うぜ」

美和は聞き流してコーヒーカップに口をつけた。

「再婚話とかねーの？　海外転勤って、彼女とか大変だよな。橋詰は特に」

「結婚はこりごりだって。それにいまは本命はいないからちょうどいいんだ。それよりほんとにさ、おまえ変わったよな。なにかあったか？」

橋詰が身を屈めて覗き込んでくる。

「あ？　どこも変わってないし、なにもないぞ」

「いや、変わった。最初に顔を見たときも思ったが、いまもやっぱり……うん。去年会ったときとは比べものにならん」

「どこが変わったってんだよ」

「色っぽい。こうしてとなりにいるだけで、すごくドキドキする」

「おい。真顔で俺を口説くな」

魔法の影響が頭をよぎらないでもなかったが、美和は冗談と受けとめて笑い飛ばした。しかしオヤジ妖精はそうはとらなかったようで、脳内に絶叫がこだました。

『美和〜っ美和〜っ！　これは脈ありじゃぞ！　げっとじゃげっと！　このチャンスを逃すでない。ゆけぇ〜っ、あたっくじゃぁ〜！』

——うるせぇよ。

『こんな上物、今後いつ現れるかわからんのじゃぞ！　悪いことは言わん、食っとけ！　きっとわしに感謝するぞよっ』

頭の中でオヤジ妖精がぎゃんぎゃんわめく。よほど橋詰のことが気にいったらしく、美和が声に出さずにこいつはノンケだと説明しても耳を貸そうとしない。臆病者《おくびようもの》だの日本男児の恥だのと罵り、しまいには身体も意識も乗っ取ってやるなどと言いだした。昨夜得た渡瀬の精気をすべて使えばそれぐらい可能だと主張する。

橋詰との会話は続いている。それなのに脳内で大音響で騒ぎ立てられる。美和は努力して平静を保とうとしたのだが、当然のごとく対応しきれなくなり、ついにブチ切れた。

「だぁ〜っ。わかったようるせぇなっ」

橋詰が目を丸くした。

「どうした」

「……あ、いや……、ふぁんしぃな生き物に脅迫されたというか……いや、白昼夢だ。すまん。気にしないでくれ」

「……かなり疲れてるみたいだな」

「ああ」

肩を落として額を押さえると、橋詰の腕が肩にまわされた。

「悩み事か。相談に乗るぞ」

軽く抱き寄せられる格好となり、橋詰の香りが鼻をくすぐった。香水ではない、いやに情欲を刺激する匂いが漂ってきて困惑していると、頭の中の例の声がしてやったりとほくそ笑む。

『その男の匂いに惹きつけられるじゃろう。わしの影響じゃな。そやつが特上だということがわかったじゃろう?』

渡瀬の香りに欲情したときは関与していないと言い切った妖精が、今度は反対のことを言う。渡瀬の匂いとは異なるのだが、橋詰の香りを嗅いでこんな気分になったことは過去になく、たしかにオヤジ妖精の影響なのかもしれない。妖精の好物に美和の身体も同調して反応してしまっているらしく、理性が惑わされそうになる。

同期で友人のこの男に欲情などしたくない。キスなどしたくないのに。

部下の次は同僚。変な噂が立つのも時間の問題だろうか……。

「橋詰、近づくな。いまの俺はちょっとおかしい」

「なにがあった」

「話すから離れろ。これじゃまともに話せない」

やんわりと男の胸を押し返すと、肩を抱く腕が離れた。離れたものの距離は近い。橋詰はじっと美和が話しだすのを待っている。オヤジ妖精もしかり。

散々ためらった末、息をついて顔をあげた。

「悩みというか、ひとつ訊きたいことがある。答えたあとは、疲れた男のたわ言だったと忘れてほしい」

「わかった。それで?」

「おまえ、男を抱いたことはあるか?」

意を決して尋ねた。瞬間、橋詰の瞳孔《どうこう》が拡張する。

「ない。だが、おまえなら抱ける」

一秒のまもあけず、スマッシュのような即答が返された。

「そ、そうか」

「美和」

橋詰の華やかな顔が近づき、手を握られる。

「いままで気づかなくて悪かった。今夜はフリーだから抱いてやる。いや、抱かせてくれ」

男は抱けないよな、という結論に持っていってオヤジ妖精に諦めてもらおうと思ったのだが、ノンケのはずの男がなぜか乗り気になってしまい、慌てた。

「ちょっと待て。経験を訊いただけだろ。なんでそうなる」

「そりゃわかるさ。そんな悩ましげな目つきをされたら」

「俺がどんな目つきしたってんだ。それにほかの相手の恋愛相談だとか思わないのか？」

「思わんな。——ほら、その目つき」

ふたたび肩に腕がまわされ、こぶしひとつ分ほどの距離まで顔が近づく。

「ほかの相手？ うそをつけ。そんなの俺が忘れさせてやる」

見慣れた男の、見たことのない眼差し。甘い香りに頭が眩み、逃げることができない。いや、逃げる必要があるのか。

こぶしほどの距離が指三本分ほどに狭まり、焦点が合わなくなって——やがて、唇がふれる。

「ばか。ここ、職場だ」

男の香りに誘惑されつつも、美和はありったけの理性をかき集めて顔を背けた。

「室長」

と、そのとき廊下の先から尖った声がかかり、互いに身体を離した。呼ばれたほうへ顔をむけると、渡瀬がこちらへやってくるところだった。

「電話です」

「ああ、悪い」

席を立つと、橋詰に腕をつかまれた。

「美和。今夜、連絡してくれ」

すわったまま、橋詰が見あげてくる。美和は渡瀬の耳を意識して、橋詰に顔を寄せて小声でささやいた。

「いまのは忘れろ。おまえとはしない」

「なんでだ」

「病気持ってそうだから」

この男の乱交ぶりは知っている。オヤジ妖精の脅しごときで己の身を危険にさらすわけにはいかない。

「失礼な。ちゃんと気をつけてる。セーフセックスは常識だ」

「すまんが俺は非常識な男だ。保健所へ行ってきてくれたらおまえの主張は信じよう」

腕をつかむ手をやんわりとふりほどき、片頬を引きあげてみせる。頭の中で抗議するオヤジ妖精は無視だ。宿主に性病にかかられたら妖精も困るはずで、そのうち諦めてくれるだろう。

「仕事に戻らねぇと。イギリス行き、がんばれよ」

橋詰をその場に残し、渡瀬と肩を並べて廊下を戻った。

「電話って、誰からだ？」

意識して仕事モードに頭を切り替える。しかし研究室の手前まで来たところで腕をとられ、歩みを止められた。

「話があります」

そのまま腕を引っぱられて進路を変更される。

「って、おい、電話は？」

「うそです」

否応なく斜向かいにある器材室へ連れ込まれた。

様々な器材が詰め込まれた狭い室内へ入ると、扉を背にして立たされ、顔の両脇に手をつかれた。逃げ道をふさぐように囲われた格好である。

真正面にある男の顔は険しく、怖いほどに真剣だった。

「美和さん」

硬い声で名を呼ばれる。呼ばれて気づいたが、渡瀬は昨夜から、ふたりきりのときは美和の呼び方を変えていた。

「なんだ」

「あの人にも抱かれるつもりですか」

ちょうどそんな話をして帰ってきたところだったので瞠目《どうもく》した。そんな美和の反応に、渡瀬が顔をこわばらせて唇を引き結ぶ。

「話、聞こえたのか?」

「いえ。彼が研究室にやってきたときのあなたの嬉《うれ》しそうな表情にちょっと驚いて。同期だと山崎さんが教えてくれたんですが、それでも気になって見にきてみたら、抱きあっているようだったので、もしかしたらと思ったんです」

渡瀬の視線が苦しげにそらされる。

「……俺は、あの人の練習台か、当て馬ってところですか」

「練習台って、なんでそうなる」

「昨夜、誰でもいいからといって相手を探していたのは、彼のためじゃないんですか。今日彼と逢うから、昨日じゅうに練習相手か当て馬を探そうとしたってことでは」

恋の駆け引きかなにかと勘違いされているらしい。美和は急いで首をふった。

「とんでもない。そんなんじゃない。橋詰は友人だ」

渡瀬の片目がわずかに細められる。疑わしそうに口を閉ざした男に、美和はもうひと言説明をつけ加える。

「たしかにそんなような話が出たもんだから、驚いたんだがな。あいつと抱きあうことは、たぶんないと思う」

「たぶん?」

「あいつ、イギリス行くし」

イギリス支社出向で、当分会うこともないだろうと話すと、渡瀬の眉が寄った。どう受け取ったのか定かではないが、彼はふり切るように短く息をつくと、美和の頬にそっと右手を滑らせた。

「では、俺は?」

低くささやく声からは硬さが薄らいでいたが、その分切り込むような鋭さが増していた。

「俺は、昨夜かぎりなんですか」

熱を孕んだ眼差しが見おろしてくる。その瞳の奥に、怯んでしまうほどの一途《いちず》な色を見つけてしまい、すぐに言葉が出なかった。

「……いや。今後もおまえが相手をしてくれるなら、俺も助かるけどよ」

相手を頻繁に変えるよりは、おなじ人間のほうがいい。とまどいがちに答えると、渡瀬の顔が近づいてきた。瞳の熱が増す。

「夜は、時間あけときます。いつでも連絡ください。いつでも、伺います」

頬にふれていた手が耳の輪郭をなぞる。

「あ〜、じゃあ……俺としては、三日にいちどぐらいのペース配分がいいんだが、どうだろう。だいじょうぶか?」

まるで仕事のスケジュール調整のようだ。こんなことを言うのはおかしなことで、いかにも身体だけの関係だと強調しているようだった。だが実際そうなのだし、確認しておくべきだと思ったのだ。

妖精は不服かもしれないが、毎日というのは現実問題として無理だ。三日にいちどだって頻繁だろう。恋人でも友だちでもないのにそれほどの時間を拘束していいものか。当てにしていて連絡が取れなかった場合も困るので、了解しておいてもらいたい。

渡瀬がちょっと驚いたように目を見開いた。

「……それ、もし俺が都合つかなかったらほかを当たったりするんですか」

「そうなるな」

渡瀬の眉間に深いしわが刻まれる。

「ゲイでもないのに、なぜそんなまねをするのか……は、やっぱり教えてもらえないんですよね」

「ああ」

「それならそれで、いいです」

吐息がふれるほどの距離から見つめられる。

「わかりました。かならず伺いますから、ほかの男は呼ばないでください」

「わかった」

「約束ですよ」

耳をなぞっていた渡瀬の手が首筋を辿った。色づくような胸騒ぎを感じて目が泳ぎそうになる。橋詰といい渡瀬といい、職場で色気など出さないでほしいものである。この包囲から急遽《きゅうきょ》脱出するべきと判断して相手の胸を押しのけようとするが、その手をつかまれて壁に押さえつけられた。

「おい……」

「ところで、身体は辛くないですか」

首筋をなぞっていた男の手が昨夜の情事を思いださせるようなふれ方で胸から腰へとおりていき、尻にまわされる。

「そりゃ、辛いな」

美和がそう言って口角を下げると、渡瀬の口元に微笑が浮かんだ。

「昨夜は、無理をさせてしまいました」

「誘ったのは俺だ」

「そうでしたね。意外でした。とても積極的で」

尻にまわされた渡瀬の手が作業着の上から割れ目をなぞり、奥を探った。感じやすい魔法はかけられたままで、それだけで子鹿《こじか》のようにふるえてしまう。

「ばか。やめろ」

「あんなに乱れてくれるとは思わなくて、俺も暴走しました」

身をよじるが、厚い胸板で扉に押さえつけられた。入り口を指で小刻みに圧迫され、ビクリと身体がわななく。

「あ、——っ」

「感じた？」

腕をつかんでいたもう一方の手もおりてきて、こちらはズボンの前立てをやんわりとふれてきた。中心を包むようにやさしく上下に撫《な》でられる。

「や、……わ、たせ……」

ただでさえ敏感なのに、昨夜散々刺激されたそこはひどく過敏になっていた。身体が勝手に期待して、反応してしまう。

与えられる快感に、異常に弱くなっていた。たとえおふざけでもこんな場所で冗談ではないと思うのに、抵抗できない。必死で抵抗する気が起きなかった。元々淡白なはずだったのに、すこしさわられただけでも息があがっている。

「よくマッサージしておかないと、筋肉痛になりますよ」

「ば……かやろ。そんなところが筋肉痛になるか」

「なるかもしれない」

「……怒るぞ」

快感に潤んだ瞳で睨みつけると、渡瀬が耳にくちづけるようにささやいた。

「そんな色っぽい顔されると、押し倒したくなる」

「……っ。冗談じゃない。ここは仕事場だ。仕事とプライベートの区切りはちゃんとつけてくれ」

押さえつけられた苦しい体勢から渡瀬の腕をつかむ。手はすぐに尻から離れていった。

「そうですね。やめておきます。しつこくしてきらわれたくない」

その代わり、と渡瀬がさらに顔を近づけてきた。鼻先がふれる。

「キスしても?」

「仕事中だろ」

「すこしだけ」

拒否したのに、そのまましっとりと唇を重ねられた。下唇を挟まれ、かるく吸われる。精気が充足しているおかげで昨日ほどキスに夢中になることはなかった。それでも渡瀬とのキスは甘く感じられた。

七

第一研究室の研究員は総勢十名であるが、それぞれ異なる研究題材を扱っており、自分たちのペースで進めているため、終業時刻になったからといっていっせいに退社するわけではない。しかしその日は週末の給料日だったためか、十人中七人が早々に仕事を終えた。

団体で更衣室へむかうと、やはり定時に仕事を終えた他部署の連中が着替えており、室内は混雑していた。

ロッカーは列を作って整然と並んでおり、美和が自分のロッカーのある通路へ行くと、総務の星が着替えていた。美和のロッカーのふたつとなりなのである。

「おう、お疲れ」

「お疲れ様です」

美和が上着を脱ぎはじめると、星が眼鏡《めがね》をかけ直しながら顔をむけてきた。彼は綿棒のようにひょろりとした長身なので美和を見おろす格好となる。

「図書の件ですけど、どうにかなりそうですよ」

「うお、まじか」

「ええ。交渉で少々無茶を言って、業者さんを泣かせちゃいましたけどねぇ」

研究所の予算をやりくりしたのではなく、取引先にどうにかさせたらしい。さすが星。人畜無害そうな見かけのわりに図太い男である。

美和の望んだ書籍は桁《けた》違いに高額なため正直なところ無理だろうと諦めていたので、その分喜びもひとしおである。

「助かった。あー、その節は驚かして悪かったな。身体、なんともないか？」

美和が機嫌よく笑って顔をあげると、星は眼鏡を直した姿勢のまま、まるで彫像のように静止して美和をじっと見つめていた。

「星？」

作業ズボンを脱ぎ、長袖《ながそで》シャツにボクサーパンツという格好の美和は、チノパンをはこうとしてすこし身を屈めている。

きょとんとして動きを止めたとき、星が一歩近づいた。その刹那《せつな》、おなじ通路の数メートル離れた場所にいる男が更衣室じゅうに聞こえるほどの大げさな咳払いをした。

そこにいるのは渡瀬と山崎である。美和がふりむくと、渡瀬がすみませんとかるく頭を下げた。咳払いの主は渡瀬だったらしい。

渡瀬の横にいる山崎はそれには無反応で、真剣な表情で美和と星を見ている。常の山崎ならばあのわざとらしい咳払いにひと言あってもよさそうなものだが。

渡瀬も含みのあるような一瞥《いちべつ》をこちらに流す。

ふたりとも先刻から美和と星の様子を意識していた雰囲気である。

資料の話が聞こえ、興味を持ったのだろうか。それだけにしては違和感というか、張り詰めたような空気を感じるのはなぜだろうと不思議に思いながら顔を戻すと、星はまだ美和を見ていた。

「美和さん。このあとあいてますか？」

視線を美和の白い脚へ落としながら、星が唐突に切りだす。

「たまには飲みにでも行きましょう」

「……あ？」

星とは個人的に飲みに行くような間柄ではなく、突然の誘いに美和は面食らって目を瞬かせた。星は寮暮らしであり、美和も三年前までずっと寮だったからおなじ寮組として多少の親近感は抱いているのだが、特に親しくしていたわけでもない。

「他部署だと親睦《しんぼく》を深める機会がなかなかないでしょう。もちろん奢《おご》れとは言いませんよ。苦労して美和さんの要望を通したわけですけどね、ええ、それはもう綱渡りのような駆け引きをして勝利をもぎ取ったわけですけれど、べつに奢ってほしいなんて。私は純粋に職場の仲間としての絆《きずな》を——うっ！　む、胸が……！　あなたの部下に脅されたときの後遺症が……！」

「わかったわかった。奢る。飲もうぜ」

胸に手を当て臭い芝居を演じる星に、そこまでするかよと呆れた。家に帰って身体を休めたいところだったが、星にはいずれ埋めあわせをしなくてはと思っていたので、まぁいいだろう。

ただ、それほど接点のない星とふたりきりで飲んで、楽しい酒になるか疑問だ。せっかくなので部下たちにも声をかけようとしたのだが、着替え終えるなり星に腕をとられ、なかば強引に連れだされてしまった。

『おぬしもやるのう。本日の獲物をさっそくげっとじゃな』

オヤジ妖精が勘違いして喜んでいる。そういうつもりではないと訂正するのも面倒なので聞き流した。

むかった先は、研究所員がよく利用する創作居酒屋である。薄暗く落ち着いた雰囲気の洒落《しゃれ》た店で、女性客が多い。

間仕切りのあるテーブル席にむかいあい、ビールで乾杯する。ひとまず労をねぎらったあと、話題は住まいの話になった。

「寮を出て？　そうだなぁ、掃除やらごみ出しやらが面倒っちゃ面倒だけど、これといって不満はねぇな。通勤も、気持ちの切り替えにちょうどいい時間だし。なんだ？　寮出るのか？」

「私も独身寮にいられるのはあと二年なんですよ。ぼちぼち転居も考えないといけない年齢になりました」

「え！　つーことは、三十三になったのか？」

「そうですよ」

「はー。いつのまに」

若者と思っていた男もすでに中堅で、改めてその顔を見てみれば、目尻のしわの加減に年相応の深みが滲み出ている。

「私もいつまでも新人の若者じゃないんですよ」

「そうだよなぁ。俺も年を食うわけだ。あと二年っつったら俺は四十だぜ」

「不惑の年ですね」

「不惑ねぇ。オヤジっぷりはすっかり板についてきたっつーのに、そんな領域にはとてもじゃねぇけど到達できねぇな」

「ほほう。美和さんでも悩むことがあるんですねぇ」

「おまえ、俺をなんだと思ってるんだよ」

人間誰しも多かれすくなかれ外には出せない悩みを抱えているものであり、星ももちろん美和がひとつも悩みを抱えていないとは思っていないだろうが、まさか目下の悩みが妖精に取り憑かれたことだとは予想もつくまい。

しばらく寮にまつわる雑談が続き、意外と話も弾んで酒を追加した。

美和がほろ酔いになりかけた頃には星はできあがっていて、呂律《ろれつ》がまわらなくなっていた。

「ちょっとトイレへ……」

そう言って立ちあがろうとするが、足元がおぼつかず、いかにも危なっかしい。

「おいおい、だいじょうぶかよ。そんなに弱かったのか?」

美和は星の脇に身体を入れて支え、トイレまでつき添ってやった。

店内の奥まった場所にあるトイレは個室が三つ。男性用と女性用、男女共用がひとつずつある。店の規模に対してトイレの数がすくないのがこの店の唯一の欠点であるが、それぞれのスペースが広くとってあり、常に清潔に保たれているので気持ちよく使える。

「吐きそうなわけじゃなくて用を足すだけなんだよな。外で待ってるぞ」

星の身体を個室に押し込んで、自分は出ていこうとした。が、星が離してくれなかった。はがい締めのように抱き締められてしまう。

「おい、ちょっ」

押しのけようとするが、拘束はゆるまない。それどころか抱き締めた腕にますます力がこもってくる。

「どうしたんだよ」

見あげると、眼鏡の奥の星の瞳は熱っぽく潤んでいた。

その眼差しには酒の酔いだけではないなにかがひそんでいるように見えてとまどっていると、妖精が嬉々として話しかけてきた。

『驚くことはない。わしの魔法が効いておるだけじゃ。さ、遠慮せず精気をもらおうではないか』

そういえば、男を惹きつける魔法をかけられていたのだった。星と色気はとんと結びつかなかったのでうかつにも思いいたらなかった。

まじかよ、と青ざめる美和に、星は高熱に浮かされた子供のように茫洋《ぼうよう》とした眼差しをむけてくる。

「……すごくいい香りがする……」

「星、それは気のせいだ！　まやかしだっ。目を覚ませっ」

叫びあらがうも虚《むな》しく、唇をふさがれた。顔を背けても、星の唇は執拗《しつよう》に追いかけてくる。

もみ合って抵抗を続けているうちに、妖精が苛立ちはじめた。

『美和よ。嫌がる素振りはその辺までにしておいて、服を脱いで誘うがよいぞ』

「そうじゃねぇ……っ！」

いくら精気が必要だと言われても、誰彼かまわずしたくはない。本気で嫌がっているのだと訴えれば、妖精が不服そうにフンと鼻を鳴らした。

『聞き分けのない男じゃのう。すこぅし身体の自由を奪わせてもらうぞよ』

出し抜けに身体の自由が利かなくなった。まったく動かないわけではないのだが、力が入りにくい。またもや妙な魔法をかけられたらしい。

「うそだろ……」

抵抗できなくなった身体は簡単に壁に押さえつけられ、ズボンのベルトをはずされてしまう。

「やめ……星、ほんとに……っ」

星の手が美和のズボンの中へ忍び込み、下着を潜ってじかに中心にふれた。

「う……」

すこし乱暴にさすられ、とたんに腰に甘い痺れが走る。妖精の魔法で異常に敏感な身体は、与えられる快感に従順に従おうとしてしまう。

「や、め……」

力の入らない手で弱々しくも抵抗を試みるが、それがよけいに相手の欲望を駆り立てる結果となり、男の手淫が淫《みだ》らになった。

「や、だ、って……っ、ん……」

気持ちは必死に抵抗しているのに、身体がうまく動かない。意思に反して息があがり、喘いでいるような声になってしまう。

「美和さん、甘そう……」

「ぁ、…甘、くない……っ！　おまえ、こういう趣味、ないだろっ？　あとで絶対後悔するから……、っ、正気に、戻れ……っ！」

星の耳に美和の声は届いていないようで、なにかに操られているかのように行為に没頭している。

美和の中心が反応し、ズボンが窮屈になってくると、下着ごとズボンをおろされる。星がひざまずく。驚いたことに、彼はためらうことなく美和のそれを口に含んだ。

「な……、……っ、や……」

巧みに追いあげられて、身体じゅうの血液が下腹部に集中する。こんなのは嫌だと思うのに抵抗もできずに刺激を受け続け、我慢できず——達ってしまった。

「は……、なんで……」

昨日とはまたべつの男としている。自分が淫乱で最低な男に成り下がったようで落ち込んだ。

しかし憔悴《しょうすい》している場合ではなかった。星の濡れた指がうしろにふれてきたのだ。

「おい……！　星、なぁ星、やめようぜ……オヤジ、こいつをやめさせろよ！」

『わしは精気が欲しいのに、止めるわけがなかろう。観念せよ』

この状況を作りだしたのは妖精なのだから、当然の答えである。助けを求めても無駄だった。

「だぁっ！　この淫魔がっ」

『ほほほ。なんとでも言うがよい』

どうしたらいい。このままでは最後までやられてしまう。

それは。そんなことは――

「嫌、だっ！」

美和は渾身《こんしん》の力をふりしぼって足をふりあげた。仕事柄、静電安全靴を履いている美和である。鋼板の硬いつま先は星の股間《こかん》に命中した。間髪いれず、虚を衝《つ》かれた男の頬を殴りつける。どちらも大して威力はなかったのだが、星は転倒した拍子に便器に頭をぶつけ、気絶した。

妖精の抗議を聞き流しながらゼイゼイと荒い息をついて壁にもたれると、店内の騒音が先ほどより通りよく聞こえることに気づいた。ふと死角にあった扉をふり返ると、開いていた。しかもそこには渡瀬が立っていた。

思わぬ観客の存在に、心臓が口から飛び出そうになる。

鍵《かぎ》はかけていなかったのだ。しかし、なぜ渡瀬がいるのか。

トイレに入ろうとして扉を開け、人が倒れていたらふつうは驚くものだろうが、彼は眉間にしわを寄せ、不愉快そうに顔をしかめている。この惨状を予想していて、しかもなぜか腹を立てているような。

「おまえ、なんで。いつからそこに」

「いまですよ。声が聞こえたので」

「あー、えーと……おまえも飲みに来てた、のか？」

妙なところを見られてしまい、きまりが悪い。どう説明したものかと悩みながら尋ねると、彼の視線が下肢に注がれた。下着も下ろされた己の格好に気づかされて、慌ててズボンをあげる。

「気になって山崎さんと来たんですけど——そんなことはどうでもいいです」

渡瀬は倒れている星に冷たい一瞥を浴びせてから、美和の手を引いてトイレから出ようとした。しかし美和はついていけずに転びそうになる。

「ずいぶん酔っているようですね」

渡瀬は低く呟くなり美和を抱え、となりの個室へ入った。しっかり鍵をかけ、動きの鈍い美和の身体を便座の上におろす。

「おい……？」

渡瀬の身から不穏な気配が発せられている。なにをするつもりなのか。単純に助けられたわけではなさそうで、美和は上目がちに窺った。

「契約違反ですね」

頭上から降りかかる声は硬質で、事務的ですらあった。それが彼の胸の内の怒りの強さを表しているのだと気づくのに時間はかからなかった。

「なにが……、あっ」

シャツをめくりあげられ、痕跡《こんせき》を探すように胸元を観察される。

「俺以外の男は誘わない約束でしょう。もう忘れたんですか」

「ちが……、誘ったわけじゃ」

「誘ってないと？　あんな淫らな格好をしていたのに？」

「あれは、星が」

「あの星さんが、いきなり襲ったとでも言うんですか」

あげたばかりのズボンと下着を引きずりおろされて、濡れた下肢をさらされた。

「どこまで許したんです」

星に咥えられたそこは照明に照らされていやらしく濡れ光っており、隠そうと手を伸ばしたら押さえられ、逆の指でつつかれた。

「濡れてますけど。口でされて……もしかして——達った？」

詰め寄られて、視線をそらせてしまう。肯定したも同然だった。

「彼の口の中に、出したんですか？」

「……」

渡瀬が静かに身を引き、袖をまくった。

「……約束をやぶったんですから、お仕置きをしないといけませんね」

お仕置きって、なんだ。

冗談かと思ったが、男の顔は大まじめだ。

「は……なに言ってやがる。俺が誘ったわけじゃないって言っただろ」

渡瀬が美和のズボンからベルトを引き抜く。

「誘ってないと言うなら、もっと警戒してください。あんな目つきで見られていても気づかずにノコノコついていくだなんて、自覚が足りませんよ」

「おい、なにを……」

腕を背中にまわされ、うしろ手にベルトで縛られた。さらには濡れた中心に腕時計を巻きつけられた。革のベルトで根元をぎゅうと締められ、うめき声が漏れる。

「ばかやろ……なに考えて……っ！」

「ですからお仕置きです」

渡瀬がズボンのファスナーをおろし、自身を取りだした。すこし兆しかけたそれを美和の口元に突きつけてくる。

「俺の、咥えてください」

ためらっていると、唇に押しつけられた。自分は襲われた被害者なのにどうしてこんな仕打ちをされなくてはならないのかと理不尽に思うのに、『おおっ⁉　今日は豊作じゃな！』

などと妖精が頭の中で色めきたっていて、流されるように唇を開き、迎え入れた。

恐々と舌を絡ませながら、口の中へ含んでいく。それはすぐに怒張し、口腔を圧迫した。

「……ん……ふ……」

それ以上動けずにいると、渡瀬が手伝うように腰を動かし、喉の奥へと突き入れ、引き出した。乱暴にされているわけではないが、苦しい。昨夜の渡瀬はこんな苦しいことを長々としてくれたのだなと酸欠になりかけた頭でぼんやりと思う。この熱いものに散々身体の奥を突かれ、底なしの快感に溺《おぼ》れて痴態をさらしたのだと思うと、身体中の血が駆けめぐった。

このあと、これをうしろに受け入れることになるのだろうか……。こんな場所で、身体を縛られて……。

「俺よりあなたのほうが気持ちよさそうですね。こういうことされるの、好きですか？」

「――っ！」

想像をたくましくしたせいで、自分の中心も兆していた。縛られて咥えてよがっているのだと思われるだなんて心外で、恥ずかしさにかっと頬が染まる。むせそうになったところで口から引き抜かれた。

「先に汚されたところを洗いましょうか」

「え、……ぅわ」

息つくまもなく担ぎあげられ、ズボンも下着も靴もいっしょくたに床に落とされながら、側面に備えつけられた広い化粧台の上に移動させられる。

壁一面に張られた鏡にむかって、洗面ボウルを跨《また》ぐ格好で膝立ちさせられた。

渡瀬が背後から抱くようにして立ち、蛇口をひねって美和の中心に水をかけた。

「……ひぁ……っ」

冷たい刺激に身体が仰け反るが、渡瀬と鏡に挟まれて逃げることができない。強引に逃げだせる力もない。

身をふるわせ、唇を噛み締めて耐えていると、渡瀬が液状石鹸《せっけん》を手のひらに取った。その手で美和のそれを握り、ゆっくりと扱く。

大きな手の節ばった指の感触と、石鹸のぬめり。当然、美和の身体は迅速に反応する。

「さっき、してもらったんですよね……？　ほんとに感じやすい身体ですよね……」

感心するようにしみじみ言われて、ますます身体が熱くなる。

前への刺激に息を乱していると、もう一方の手がそっとうしろの入り口にふれてきた。最も敏感なところを予告なくさわられて、身体が過剰なほどにふるえる。

「ここも濡れてるようですけど、星さんにも中に出させたんですか」

「まさかっ」

「うしろは挿れられてない？」

されてないと素直に答えると、指先が中に潜り込んできた。

「ん、……っ」

とたんに快感が増幅し、身体はこの刺激を待ち望んでいたのだと知らされる。もっと奥まで刺激してほしいと欲望が膨れあがって抑制が利かなくなる。

「じゃあ、早くここに男を挿れてほしいんじゃないですか？　前だけの刺激じゃもの足りないでしょう」

渡瀬の指が浅いところで蠢く。もうすこし奥がいいのに、さわってもらえない。深く迎え入れようとして腰を落とせば、それに合わせて指も引いてしまい、もどかしくてじれったくて、翻弄《ほんろう》される。

「あ……っ」

そのうち前をいじっていた手が離れ、乳首をつままれた。快感が脊髄《せきずい》を駆け抜け、下腹部に到達する。しかし根元をせきとめられているせいで、快感と同時に苦痛が生じた。

「前、見てください」

促されて、鏡を見る。するとそこには、己のいやらしい姿が映し出されていた。

腕を後ろ手に縛られ、胸元まで素肌をさらし、男に乳首をいじられている。それなのに嫌がるどころか、もっとさわってくれと言わんばかりに胸を突き出している。大きく開いた脚の中心は時計のベルトに縛られて苦しそうに勃ちあがり、汁を滴らせて揺れている。そのうしろに男の長い指を突き刺されているのは鏡には映らないが、男のほうへ尻を突き出し、腰を淫らに揺り動かしているさまは卑猥としか言いようがない。

そして頬を上気させ、唇を濡らして喘いでいる表情の淫らさは目を覆いたいほどだ。意識して鏡から目をそらしていたのに、うっかり直視してしまった。

「星さんにもこんな顔をしてみせたんですか」

耳元に息を吹きかけるようにして問われ、その息にも敏感に感じて肩をすくめる。

「……っ、しらな……っ」

「ご自分がどんな顔をして男を誘っているのか、お願いですから自覚してください。そんな顔をされたら、誰だってその気になります」

指が引き抜かれ、腰を下げられる。そこに硬いものが押し当てられた。渡瀬のものだと認識したら腰がジンと痺れた。美和の蕩けるほどにやわらかな体内に、剛直の猛りがゆっくりと、そして力強く、入ってくる。

肌がじかにこすれる感触が意識が飛びそうに気持ちよく、美和の粘膜がそれに吸いつくように密着し、奥へ奥へと送り込む。腰をつかまれて引きつけるようにして最奥まで嵌め込まれ、ほうっと息を吐きだしたのもつかのま、いきなり全速力で律動された。抜かれ、また挿れられる。引き抜かれる。

腰をしっかりつかまれているから台から落ちることはないが、腕を縛られているため自力で支えられず、身体が大きく揺れる。

「あっ、あっ……、や、激し……っ」

結合部から体液が飛び散りそうなほど激しい抜き差し。と思えば次にはいいところを狙って腰を揺するように強く細かくこすられる。

神経を鷲《わし》づかみされたような強烈な快感を与えられ、射精感が一足飛びに限界値を超えた。しかし欲望を解放することはできない。達きたいのにせきとめられて、体内で熱が荒れ狂う。

「……ぁあ、ん……っ、これ……ほどいて、くれ……っ！」

心臓が下に取って代わられたかというほどどくどくと中心が脈打ち、出したくて出したくてそれ以外に考えられない。欲望が身の内で渦を巻き、錯乱しかけながら哀願する。

「じゃあ……、おねだりしてください……中に出して、って」

背後で大きく腰を動かす男が、荒い息を吐きながらそそのかす。

「美和さん、中に出されるの、好きですもんね」

「な、ちが……っ」

「なにがちがうんです」

中に出してほしい事情があるだけで、中出しされるのが好きなわけではない。断じてちがうのだが誤解なのだと説明はできないし、たとえ説明できたとしても快感と苦痛に激しくせめぎたてられている現状では思考をまとめられない。

「中出ししてくれる人がいいんでしょう？　上手におねだりできたら…ほどいてあげます」

「っ、…そんな……、……こと、っ、言えるか…っ」

相手は年下の部下なのに。しかも昨日男を知ったばかりなのに、中出しをねだるだなんて。昨夜「もっと」やら「早く」やらと口走ってしまった記憶はあるが、それらとは桁違いに羞恥を伴う。

渡瀬はそんな美和の葛藤《かっとう》に追い討ちをかけるように、腰を動かしたまま両胸の乳首をつまんできた。

「や……、あ……っ」

親指と人差し指にはさまれ、こねるようにこすり、もみ込まれる。こりこりと音がしそうなほど硬く立ちあがり赤く色づいたそこは、下腹部で屹立《きつりつ》し切った中心とおなじぐらい解放を訴えている。狂いそうなほど気持ちがいいのに苦しくて、悶え死にそうだ。

「ほら、言って。言わないといつまでもこのままですよ」

ずくずくとうしろを穿《うが》たれ、腰をまわされる。これ以上無理というほど広げられている入り口をさらに広げるような動きは、中のいいところをあちこち刺激して目の奥で火花が飛び散る。

とうに限界は超えていて、美和は意地を張ることもできずに陥落した。

「な……中に……っ、……いっぱい、出して……、あっ、ん……、そこに……ぜんぶ、いれ

て、くれ……っ」

すすり泣くような懇願をすると、背中にくちづけが落とされた。そして中心の戒めがほどかれて、奥を激しく突かれた。

「――っ！」

瞬間、声も出せないほどの猛烈な衝撃が全身を駆け、鏡にむけて白濁したしぶきを撒き散らした。放出したあとも腰や脚、つま先がびくびくとふるえ続ける。

体内にも渡瀬の迸りを受けとめ、崩れ落ちる。

心臓が壊れそうなほど疾走していた。

脈も呼吸も整わず、ぐったりしているうちに腕も解かれ、渡瀬が速やかに後始末を終える。

『けっきょくすることになったのう。この者と先ほどの者とならば、わしはどちらでもよかったから満足じゃぞ』

妖精の感想にそうかよ、と投げやりに答えて、魚の小骨のようななにかが引っかかった。

服も渡瀬に着つけてもらっているうちに呼吸も落ち着いてきて、それに伴い頭も冷静さが戻ってきた。

渡瀬と妖精の勢いに押されて流されてしまったが、よくよく考えるとどうしてこれほど遠いところまで流されてしまったのだろうと疑問が湧いてきた。

言われるがままに渡瀬のものも咥えてしまったが、無理やりさせられたわけでなし、拒否しようと思えばできたはずだ。

星にされそうになったときは必死に嫌がったのに、渡瀬を受け入れるのは嫌じゃなかった。いやらしいことを言わされたりもしたのに、なぜ安心して身をゆだねていられたのだろう。妖精はどちらでもいいと言うのだから、妖精の嗜好《しこう》の影響はなさそうなのに。

動揺と混乱で頭が正常に動いていなかったことは否めないが……。

美和のズボンのベルトを締めている男の伏せた顔を眺めてみたが、男前だよなぁという表面的な感想を抱いただけで、答えはみつからなかった。

「……すみません」

ベルトを締め終えると、渡瀬が遠慮がちに謝罪してきた。

「やりすぎました。……だいじょうぶ、ですか」

額にうっすらと冷や汗を浮かべ、機嫌を窺うように見あげてくる。彼のほうも頭が冷えて、理性を取り戻したらしい。

だいじょうぶなわけねぇだろ、という言葉は飲み込んで、美和は洗面台にすわり込んだまま無言で見おろす。

渡瀬は中腰のまま、気まずそうに目を伏せた。

「その……。頭に血が上ってしまって、つい……止まらなくなってしまいました。ここまでするつもりはなかったんですけど……。俺、あなたのことになると制御が利かなくなるみたいで」

自分がしでかしたことの重大さに気づいたようだ。怒ってますよね、などとちいさく呟く様は叱《しか》られた子犬のようで、後悔で揺れる心情が見てとれた。

「これでは、早々にお払い箱にされても文句は言えないですが……」

不安と緊張の滲んだ声。落ち着かなさそうに上目遣いに窺われ、美和は嘆息した。

「べつに。怒ってねぇよ」

なぜこんな目に、という鬱憤《うっぷん》がないわけでもなかったが、素直に反省を示している相手に怒るのも大人げない。けっきょく自分も気持ちよくなってしまったのだし、もとより怒りの矛先はオヤジ妖精にむけられている。

「だけど今日みたいなのはこりごりだ」

「はい」

渡瀬が重々しく返事をし、美和をそっと床に降ろした。

「おんぶと抱っこ、どっちがいいですか」

「自分で歩ける」

拘束の魔法は解かれていたが、行為のせいで足腰が立たない。忌々しい気分で渡瀬の肩を借りて個室から通路へ出ると、すこし離れた場所で山崎がしゃがんでいた。足元には星が転がっている。気絶した彼を介抱していたらしい。

「あ！　渡瀬くん、御頭ぁ！　消えたまま帰ってこないから心配したよ〜。やっぱりトイレだったんだ」

山崎はノックしたらしいが、行為に没頭していたふたりの耳には届いていない。

「室長の介抱をしていて気づかなかったようです。すみません。山崎さんは寮ですよね。星さんをお願いします。俺は室長を送るので」

渡瀬がポーカーフェイスでしれっと答える。美和はなんとも言えない複雑な表情でその横顔を見あげた。

八

「さて、と」

仕事のきりがついたのは定時を大幅に過ぎた頃だった。帰り支度をしながら研究室内を見渡すと、残っているのは自分のほかにふたりだけで、渡瀬も居残っていた。ディープフリーザーの清掃などをしている。

「渡瀬、なにやってんだ。結果待ちか？」

「いえ。もうあがります」

仕事は終わっているらしい。頼まれたわけでもなかろうに時間外に掃除をするだなんてなにを考えているのだろう。無意味な残業はするなよと言いかけて、もしかして自分を待っていたのだろうかと気づいた。

今日は月曜日。お仕置きと称して抱かれた日からちょうど三日目である。

期待か緊張かわからない感情で、心臓がどくりと高鳴った。

「あー……、じゃあ、帰ろうぜ。天方《あまかた》は？」

「すみません。もうちょっとかかりそうです～」

い。

「んじゃ、戸締りよろしく」

「お疲れ様でーす」

ひとりを残して、渡瀬とともに研究室を出た。

人けのない廊下にふたり分の足音が響く。となりを歩く男に、今日も頼まなければならない。

抱いてくれ、と。

どんな顔をしてなんと誘えばいいのかと思うと猛烈な恥ずかしさが込みあげてきて、手のひらが汗ばんできた。

渡瀬のほうも言いだされるのを待っているだろう。沈黙がプレッシャーとなり、胸の鼓動をいよいよ加速させる。

言わずにいたら今日は必要ないのかと思われて渡瀬は帰ってしまうだろうし、誘わなければと覚悟を決めて、重い口を開いた。

「え、と……このあと、つきあえるか?」

抑えた声で言ったのだが、思いのほか廊下に響いた。頭上から見おろされる気配を感じる。

「はい。そのつもりです」

仕事のときと変わりない調子の返事を聞き、美和はほっと息をついて、力の入りすぎていた肩をさすった。

「じゃあ、夕飯はどっかで食っていくか。どこがいい」

「そうですね……。普段、ひとりのときはどうされてるんですか」

「んー、外食で済ますことが多いな。弁当や惣菜《そうざい》を買って帰ったりとか。おまえもひとり暮らしだよな」

「ええ。でも俺はけっこう自炊してますよ」

「ほー。偉いな。外食ばかりだと栄養バランスが気になるけど、自炊は面倒臭くてなぁ。せいぜい米を炊くぐらいだ」

「もしよかったら、作りましょうか」

顔をあげると、渡瀬のまじめな顔が見おろしていた。

「迷惑でなければ、ですけど。先日のお詫《わ》びを兼ねて」

「お詫び？」

「……暴走しましたから」

低い声で言われて己の痴態が脳裏を走り、頬が赤くなりそうになった美和は急いで目をそらした。

「作るって、うちでか？　調理器具とかねぇぞ」

「加熱器具とフライパンはありますか」

「それぐらいはある。鍋《なべ》もあるぞ」

「だったらだいじょうぶです。リクエストにもよりますけど」

「食えればなんでもいい」

そんな流れで渡瀬が料理をしてくれることになり、帰宅途中でスーパーに寄った。

買い物かごを持って食材を選んでいく渡瀬のうしろに美和もついていく。

「なにが食べたいですか」

「野菜」

「肉はだめですか」

「だめじゃねぇよ。ただ、若い頃ほど食いたいと思わなくなったかなぁ」

「苦手な食べ物は、レバーのほかにありますか」

「レバーって、なんで知ってんだ」

肩越しに振り返った渡瀬の瞳が、はにかむように細められる。

「以前、社員食堂でそんな話をしていたのを聞いたんです。定食にレバニラ炒《いた》めがついてたときに」

「あー。なんか、話した気もする。臓物系は苦手なんだよな。ほかはなんでも食うぞ」

「では和食とか中華とか」

「味つけはなんでも。あ、うち、調味料なんかもねぇぞ」

「了解。塩ぐらいはありますよね」

「おう。あと醤油《しょうゆ》もある。刺身醤油だけど」

渡瀬が白菜を手に取り、考えるようにして小首をかしげる。

「手っ取り早く、鍋にでもしますか。作るなんて言っておいてなんですけど」

「おぉ、いいね」

たわいのない会話をしながら店内をまわっていく。

こんなのはなんだか恋人同士みたいで面映《おもはゆ》い。

週末は精気を補充していないため、身体が熱っぽかった。性欲も増しているのか、不用意に渡瀬に近づくとむらむらして抱きつきたくなってしまうので、すこし距離を保ってついていく。

『食事などその辺の料理屋でさっさと済ませてくれんかのう。わしは早く精気がほしいのう』

オヤジ妖精が頭の中でぐずぐず言っていた。すこしぐらい我慢しろというものだ。食事を終えたら、今夜じゅうには抱きあえるのだから。

そう。また、この男を身の内に受け入れるのだ。

前に目をむければ、たくましい背中がある。

「……」

そんなことを考えたら、腰の辺りがむずむずしてきてしまった。

明るく健全なスーパーの只中でなにを考えているのかと己を叱咤《しった》し、渡瀬の背中から視線をはずす。

「あ、そうだ。ビールが足りねぇかも——」

遠くの陳列棚にビールが並んでいるのが目に入り、家のストックが残りすくなかったことを思いだした。ひと声かけて、先に酒売り場へむかった。

すると、背後についてくる男がいることに気づいた。酒売り場まで来て足を止めると、その男がとなりに並ぶ。

見知らぬ男である。

たまたま目的地がいっしょで、歩く速度がそろってしまっただけだろうと、気にせずにビールを選んでいたら、男が徐々に接近してきた。

むこうもビールの銘柄を選んでいるのだろうからと気を使って二、三歩横にずれてやれば、相手もさらに近寄ってくる。もういちど離れても、ぴたりと近づいてくる。

いささか不自然である。もしやスリだろうか。不審に感じて警戒を強めたとき、男とは反対側の斜め後方から腕を引かれた。

「わ」

よろけて、広い胸板にぶつかる。支えるように肩を抱き寄せられたところで、その腕の持ち主は渡瀬だとわかった。

彼は不審な男をひと睨みすると、適当にビールをつかんでかごに放り込み、美和の肩を抱いたまま強引に歩きだした。

「お、おい……！」

人目がある。知人がいる可能性だってあるのに、男同士でこんなに密着していたら。

腕をのけようとしたが、渡瀬が耳打ちしてきた。

「離れないでください」

「なんで」

「なんでって……。なんでわからないんです」

買い物を早々に切りあげて、レジへむかう。さすがにレジ前では肩を離してくれたが、そのあとも駐車場に戻るまでは手をつながれた。

車に乗り込んでから、渡瀬が深いため息を吐きながら片手で顔を覆った。

「ほんとにもう、あなたって人は……。もしかして、いつもこんな調子なんですか」

「だから、なんなんだよ」

わけがわからず苛立ちを滲ませると、渡瀬が手をおろして渋い顔を覗かせた。

「明らかに狙われてたでしょう。あの男に」

「あ～。やっぱ、スリか」

「は？」

渡瀬の切れ長の双眸《そうぼう》が丸くなった。

「ちがうでしょう。あれは痴漢とか変質者のたぐいですよ」

「へ」

今度は美和が目を丸くする番だった。

「俺が痴漢に狙われたって？　んなわけねぇだろ」

「そうなんですって。あの男、店に入ったときからずっとあなたのことを見てたんです。最初はなんだろうと思ってたんですけど。あの男だけじゃなく、ほかにもいましたよ」

美和は笑い飛ばした。

「気のせいだろ」

橋詰や星がオヤジ妖精の影響を受けたのはもっと接近したときだった。だからいまのはスリかなにかだったのだろう。いくら妖精の魔法といえども、そうなんでもかんでも磁石のように引きつけるもんじゃなかろうと考えている。

「とにかく……ここはあまり利用しないほうがいいと思います」

納得させることは無理だと諦めた渡瀬がそう締めくくる。美和もスリのいる場所は避けたいので、そうだなと頷いた。

家へ辿り着くと、食材を抱えてキッチンへ直行した。

キッチンは食器棚や食卓を置いても余裕のスペースがあり、男のひとり所帯にしては相当広いほうだろう。まったく料理をしない美和には宝の持ち腐れ物件である。

「じゃ、使わせてもらいます」

「あるもの勝手に使ってくれ。包丁や鍋はここにある」

戸棚を開けてみせると、渡瀬が中を覗き込んで明るい声を出す。

「なんだ。いろいろそろってるじゃないですか。土鍋に――たこ焼き器まである」

「あー、そういやそんなのもあったか。そうそう、流しそうめん器やらかき氷器なんかも探せばあるかもしれん」

「なんでまた」

「いや、橋詰のやつがさ、くれたというか、捨てるのがもったいなくて押しつけてきたというか。食器もほとんどあいつが買ったやつなんだよな」

橋詰が結婚して寮を出たときや離婚したときに、不要なものを運び込んできたのだ。正直、美和も流しそうめん器など邪魔なだけなのだが、断りきれなかった。収納スペースはあるのだし、無理に捨てることもなかろうと受け取ったものの、出番がないまま忘れ去っていた。

橋詰からもらった不用で困ったものといえば、彼の半裸の写真つきカレンダーなんてものもある。これはさすがに断固として断ったのに、なぜか押入れの奥に入っていた。そんなことをなにげなく話しながら、渡瀬に背をむけて食器棚から皿を取り出す。

背後から返事はなく、代わりに蛇口から水が流れる音が届いた。

「……仲がいいんですね」

しばらくして低くかすれた声が届き、美和は首だけふり返った。彼は白菜を洗い、ザルにあげていた。

「まぁ、同期だしな」

「ご友人だということでしたよね」

「ああ」

「でも本当は、密かに想いを寄せてたってことは……？　ずっと恋人を作らずにいた理由って——」

「はぁ？　なに言ってんだ。そりゃねぇよ」

美和は渡瀬の広い背中に呆れた一瞥を送ってから顔を元に戻した。

「おまえ、先週もそんなこと言ってたな。俺は男を好きになったことはねぇって言っただろ」

「——いまも？」

「あ？」

「いまも、好きな人はいないんですか」

「ああ、いねぇよ」

「……。そう、ですか」

「ところで皿はいくつ使う？　これでいいか？」

取り出した食器を持って渡瀬のとなりに並んだ。

調理台の上に置かれた男の両手がきつくこぶしを握り締めているのが視界の端に映る。するといきなり背中から抱き締められた。

「っ……あぶね」

皿を落としそうになった美和が咎《とが》める声をあげたが、渡瀬の腕はゆるまなかった。

「おい……？」

首筋に渡瀬が顔を埋《うず》める。ふざけているわけでもない、ただならぬ様子を察し、美和は声をやわらげて尋ねた。

「どうしたんだよ」

男のさらさらの黒髪が頬を撫でる。

「──俺、は……、入社したときからずっと……」

くぐもった声は静かなのに、なにか激しいものを感じさせた。

続きの言葉はこらえるように飲み込まれ、聞くことはできなかった。落ち着こうとするように深呼吸をする男の吐息が首筋に吹きかかる。

「……この数日は特に、あなたのことばかり考えてました……なぜ急に男に抱かれようなんて思ったのか」

美和の胸の前で交差される筋肉質の腕に、力がこもる。背中越しに男の体温と速い鼓動が伝わってきた。

「練習台でも当て馬でもないと言う。ならば女性への興味が薄いから男に走ろうと決めたのか、それとも実験好きだから、なにかデータでもとっているのか。いろいろ想像してみたんですけど、けっきょくわからないんで、考えるのやめました。どんな理由でも、あなたを抱ける。すくなくともきらわれてはいない。その事実だけで満足しよう。そう思ったんですけどね」

切々と語っていた声がそこで途切れ、代わりに自嘲《じちょう》のような弱々しい笑いがその唇から漏れた。

「これも案外、きついものですね」

渡瀬はすみませんと言って身体を離すと、何事もなかったかのように調理に取りかかった。

その横で、美和はどうしたものかと迷う。

先日からの言動からして、渡瀬は自分に想いを寄せているようだと恋愛に疎い美和も感じている。これだけ示されたら嫌でもわかる。

好意を寄せられて、嫌な気はしない。だがそんな相手を利用しているのだと思うと、純情青年をたぶらかす有閑マダムにでもなった気分で胸にわずかな痛みが生じた。

「なぁ……。きついなら、その……無理にとは」

「やめません」

渡瀬が野菜を切る手を止めて、強い口調で言い切る。

「すみません。重いこと言っちゃって。続けさせてください」

そう言って、儚《はかな》げに微笑《ほほえ》む。

「ああ……」

居たたまれなくなった美和は居間へ移動した。

やがてはじまった食事は気まずさを払拭するように、互いに明るくふるまった。そしてそのあとに続く情事は、些細《ささい》なやり取りなど忘れ去ってしまうほど熱く激しいものとなった。

九

「御頭、ありましたか～？」

「あ、すまん。つい立ち読みしちまってた」

図書室で雑誌を読んでいると、山崎がやってきた。資料を探してくると言ったきり戻らないから迎えに来てくれたらしい。

天井まで書籍が並ぶ棚から気になった雑誌を手に取り、その場でページをめくっていたところだった。

「どうっすか」

「う～ん。思ったより参考にならん、かな」

「それは？」

山崎がうしろから覗き込んでくる。彼とは体格がほぼいっしょである。だから美和の肩に山崎の顎が乗るような格好になった。

「おい、抱きつくな」

見たければ横に並べばいいのに、なぜ密着する必要があるのか。

　しかも山崎の腕がなにげなく美和のウエストにまわされている。

「御頭、いい匂いがする」

　山崎が鼻先を美和の首筋に埋める。

「やめろ。加齢臭だろ」

「そんなんじゃないっすよ。ねぇ御頭。篠澤さんからなんかもらってないすか？」

「篠澤？　あのドケチがものをくれるかよ。ものをもらうどころかここ数日は顔を合わせてもいねぇけど」

「そうか……。やっぱちがうか……」

「なんの話だ」

「や、なんでもないっす」

　そう言いながらも山崎は美和から離れようとしない。美和が離そうとすると、まわされた腕に力が込められ、強く抱き締められた。

「山崎、じゃれるな」

　前にまわされた手が動きだし、作業着の下へ潜ってくる。

「御頭」

「おい、こら――はぅ、ん……っ」

　吐息が耳に吹きかかり、うっかり妙な声を出してしまった。山崎の手が一瞬止まる。

「お、おかしら……」

男の鼻息が荒くなった。まずい。

「山崎、頼むから正気に戻れっ」

困って声を大きくすると、棚のむこうから足音が近づいてきた。

「図書室ではお静かにお願いしますね」

声をかけてきたのは星だった。美和は反射的に身をこわばらせた。

星と飲みに行ってから、かれこれひと月近くが経過していた。あのあと目覚めた彼は美和と飲みに行ったことは覚えていたが、トイレでの出来事は覚えていなかった。だからそれまでどおりのつきあいを続けているが、どうしても身構えてしまう。

「公序良俗に反する行為もやめてくださいよ」

抱きあっているふたりを見て、星が眼鏡のブリッジをあげながら咳払いをする。おまえがそれを言うか、とつっこみたくなるようなセリフを口にするあたり、本当に綺麗さっぱり忘れているらしい。

「やだな～、親睦を深めていただけっすよ」

山崎は我に返ったようで、あははと笑って離れた。

「んじゃあ先に戻りますね」

「俺も戻る」

山崎に続いて美和もせわしなく帰ろうとしたが、通り過ぎるときに星に肩をつかまれた。

「雑誌、借りていくんですか?」

「あ、いや。戻す戻す」

雑誌を手にしたままだったことを失念していた。指摘されて書棚へ戻そうとしたが、今度は星が手を離してくれない。

「星?」

じぃっと顔を見つめられる。

「たしかに、なにかもらっていても不思議はないですね……」

呟くように言う星が、美和との距離を縮める。その頬はわずかに紅潮し、眼鏡の奥の瞳は焦点が合っていない。

「おい……」

嫌な予感に身構えたとき、諸悪の根源が話しかけてきた。

『ちょうど人けもなくなったことだし、このままここで手合わせを願おうではないか』

ふざけるな、である。

『美和よ。わしの精気もずいぶん回復したがの、三日にいちどなどとちんたらやっておっては、あとひと月はかかりそうじゃぞ。もっと積極的に数をこなすか上玉を選ばんと』

目の前には星が迫ってきていて、妖精の勝手な言い分に耳を傾けている場合ではないのだが、美和の意識はそちらへ集中した。

いつまで居すわるつもりかはっきりと答えることのなかった妖精が、このどさくさに紛れて目安を口にしたからだ。

あとひと月。

いまのペースでひと月程度過ぎたら妖精は去っていく。

では、そのあとは――？

渡瀬とは……？

胸が、針でつつかれたようにちくりとした。やっかい事から解放されるのは嬉しいはずなのに、もやもやとした言いようのない気持ちに襲われて己の気持ちを見失う。

しかしいっしゅん浮かんだ心の靄《もや》は、こちらにむかってくる渡瀬の姿を目にしたところで立ち消えた。

彼は美和の窮地を察するなり全力で駆けてきて、いきおいそのまま星の肩をつかんだ。

「――うちの室長に、なにか」

腹の底から響くドスの利いた威嚇。額に血管が浮かぶほどに星を睨みつける切れ長の双眸は凶悪で、星だけでなく美和も怯んだ。

渡瀬は星から目をそらさぬまま、美和の肩に置かれた星の手をつかんで引き離す。

「あ……ええと、ちょっと注意しただけだよ」

なぜ威嚇されているのかよくわかっていないだろう星はうろたえ、口の中でもごもごと言って去っていった。

彼の背を見送ってから、渡瀬が息をついて振り返る。

「だいじょうぶですか」

「お、おう」

「そこで山崎さんとすれ違いましたが、彼にもなにもされてないですね」

「あー……、おう」

渡瀬が双眸を眇《すが》める。

「なにをされたんです」

「いや。ちょっと抱きつかれただけ」

渡瀬はチッと舌打ちをすると、険しい表情でいま来た道をふり返った。それから大げさなため息をつく。

「最近こういうこと多すぎませんか？　心配で仕事になりませんよ」

そうなのである。

オヤジ妖精に憑依《ひょうい》されてからというもの、研究員たちのスキンシップがやたらと激しくなった。ふざけて抱きつかれたり、狭い場所ではかならず誰かにすり寄られたりと、必要以上に身体をさわられている。街を歩いていると知らない男が二、三人ついてくるので、買い物はできるだけ渡瀬につきあってもらうようになった。

それもこれも、オヤジ妖精のせいである。三日にいちどだけでは不満な妖精が、男を惹き寄せる魔法を解いてくれないのだ。ほかの男の精気もほしいとわがままを言い、隙《すき》あらば美和の身体を拘束しようとするので気が抜けない。

渡瀬がガードしてくれているお陰でこのひと月は難を逃れてきたが、そうでなければすでに数人に襲われているだろう。

ひと月前にスーパーで不審者にすり寄られた一件については、あれも渡瀬が正しかったのだと美和もいまでは認めている。

「まぁ、気をつける。ああ、もうこんな時間か」

時計を見たら終業時間を過ぎていた。雑誌を棚へ戻し、渡瀬を促して歩きだす。

「俺はもうあがるけど。おまえは?」

「もうすこし残ります」

「そうか」

「終えたら、伺います」

落ち着いた声が、腰に響いた。

「おう」

明日は週末。身体がわずかに疼《うず》きだした。

「は、ぁあ、あ……ん……ん……、っ」

タイルの壁に両手をつき、腰を突き出した姿勢の美和の背後で、渡瀬が汗を滴らせながらゆっくりと腰をまわす。

頭上から降りそそぐ熱いシャワーが美和の背から尻へと流れ落ち、結合部を濡らす。渡瀬の楔《くさび》が尻に押し込まれるごとに、ぱしゃんぱしゃんと派手な水音が響き、美和は恥ずかしさと緊張のあまりめまいがしそうだった。

自宅の浴室ではない。渡瀬の通う会員制テニスクラブのシャワールームである。

関係を持つようになってから渡瀬はバイク通勤となり、週に三日、美和のマンションに泊まるようになっていた。

週末もなんとなくいっしょに過ごすようになり、今日は渡瀬の誘いに乗ってほぼ二十年ぶりにテニスラケットを握ったのである。

高校の体育の授業以来だ。長年やっている渡瀬とまともに打ちあっても当然相手にならないのでハンデつきで試合をしてみたら、予想以上に楽しく熱中した。

職場では滅多にお目にかかれない彼の笑顔を存分に見られたのも貴重な体験だった。

ゲームを終えたあと個室のシャワーブースに入ると、続けて渡瀬がいっしょに入ってきて、当然拒んだのだがマッサージをしてやるなどと言われて流されて、いまにいたる。

「誰か、……あっ……来たらっ」

「来ませんよ」

個室といってもトイレのように鍵がかかるわけではなく、戸や間仕切りの上下はすこし隙間が開いているので音は筒抜けだ。誰かに見つかる前に終わらせたいのに、こんなときに限って渡瀬の腰使いは淫蕩《いんとう》で緩慢で、じれったい。

「来るって。…やっ……おまえ…っんでこんな場所で、はじめんだよ……っ」

「テニスをしてるあなたの姿に欲情してしまって」

「アホか……！」

美和の腰はすでに溶解している。悪態をついても身体は快楽に囚《とら》われ、されるがままだ。内部は渡瀬の楔にやわらかく吸いついて離さず、律動に合わせて蠕動する。

「十代かよ……、っ…あ、昨日、も……散々ヤッただろーが」

「そうなんですけどね」

ぎりぎりまで引き抜かれた。亀頭部だけを残して中途半端に連結している渡瀬の太い茎にシャワーがかかる。

「あなたが俺に求めているのはこの身体でしょう。その価値を存分に発揮させないでどうする、と思いたちまして」

来る、と覚悟した直後、ずぶりと音を立てて一気に貫かれる。

「あっ、あ――っ」

快感がはじけるように全身を駆け抜ける。

「橋詰さんとは、連絡を取ってるんですか」

そのまま駆け抜けたいのに、渡瀬はまたもやぬるい抽挿をくり返した。こすりつけるようにゆるゆると中をかき混ぜられ、焦《じ》らされて、気がおかしくなりそうだった。

「……っ、取って、ねぇよ……っ」

渡瀬の適度に引き締まった胸板が背に密着し、抜き差ししながら両方の乳首をつままれた。

「……ふ、ぁ……」

その刺激で楔を咥えた入り口がきゅっと締まる。以前は男の乳首なんてと思っていたが、いまやそこは立派な性器と化していた。

妖精の魔法効果だけでなく、渡瀬の日々の尽力による賜物《たまもの》である。指の腹で転がされ、硬く勃ちあがる。身体の中で快感が竜巻のように巻き起こり、喉がふるえる。

「もう、イギリスへ旅立ったんですか」

「ん…、だから、知るかって……、っ……」

橋詰とは関係ないと話したし、渡瀬も考えるのはやめたなどと言っていたのに、なんだかんだ言いながらも橋詰のことを質問してくるということは、やはり彼のことを一番疑っているのだろう。

完全なる誤解なのだが、誤解だ、としか言ってやれないことに、少々の罪悪感とうしろめたさを感じる。

こんなオヤジのどこがいいのか。申し訳ないとすら思う。

いい男だとは思うのだ。いっしょにいて居心地のよい相手だとも思う。ふとした拍子に見せる仕草や表情などに、胸がどきりとしてしまうことすらある。

だが、美和はゲイではない。渡瀬とのセックスが気持ちいいのも妙な気分になるのも、オヤジ妖精のせいなのだと思う。

すべて妖精のせいだと片づけてしまうには釈然としないものもあるにはあるのだが——、自分の感情だというのに胸の中は靄がかかっていて、いまいちつかみきれない。

「なぁ……。も、う……限界……」

連日の性交に慣らされた身体は精気の増減とは関《かか》わりなく貪欲に快楽を求めてしまう。

解放の手段のない欲望が身体の中で限界まで膨れ、暴れている。自分で達こうとして、先走りをこぼしている己の中心に手を伸ばす。

だが己の中心を握った瞬間、うしろに穿たれていた楔がずるりと引き抜かれた。

「ちょっと待って」

「あ、ん……っ」

腕を引かれて身体の位置を変えられ、美和はとなりの個室との仕切り板に背を預けた。

「つかまっていてください」

どこに、と聞くまもなく、渡瀬が美和の内腿のあいだに両手を差し込み、膝裏に腕をまわす。そのまま脚を持ち上げられ、開脚させられた。

「う、わ。ばか」

身体が浮きあがり、美和は慌てて渡瀬の首に腕を絡める。板壁に背中を押しつけた状態で――刺し貫かれた。

「あ……っ、あ……っ！」

重力で一気に奥まで突き刺さった。みっちりと根元まで嵌まり、心臓が胸を破りそうなほど疾走する。

ふれあえばふれあうほど日増しに身体は淫らになり、陶酔も深くなる。乱暴に身体を揺すられ、それまで焦らされた分、すぐに夢中になった。

突きあげられて浮いた身体が重力で落ちると男の下腹部で受けとめられる。喘ぎ声が止まらない。

薄い仕切り板は頑丈なものではなく、渡瀬が抜き差しするごとにみしみしと軋んだ。シャワーの流れ落ちる一定の水音のほかに、不規則な粘着音もシャワー室に響く。

「あっ……、ぁ、もう……っ、イ、くっ」

揺れていた足先が痙攣《けいれん》し、つま先が丸まる。中心に集まっていた熱が凝縮し、膨らんだ。

「黙って」

絶頂が訪れる瞬間、解放まであと一、二秒というところでふいに律動が止まった。人の足音がし、シャワー室の扉が開かれた音が。

息を飲んだ。

「えーと、そこ使ってるのってもしかして渡瀬くん？」

個室の中は見えないようになっているが、覗こうと思えば簡単に覗ける。心臓がばくばく脈打ち、破裂しそうだ。

「そうです」

知りあいらしく、渡瀬が落ち着き払った声で返事をする。

「あのさ、渡瀬くんの連れの人、もう帰っちゃった？」

「いえ。トイレにでも行ってると思いますけど。なにか」

「いや、コートにタオルを忘れてたみたいだから、渡そうと思って」

タオルなら持ってきた。べつの人のものだろう。

「そうですか。わざわざすみません。そこに置いといてください。帰りに俺が渡しますから」

「あ、うん……そ、そうだよね。じゃあ置いておくよ」

相手の男は口ごもりながらもそう言って、あろうことかとなりの個室へ入ってきた。個室は五つあるのだから。ひとつぐらいあけて入ればいいものを、よりによってどうしてとなりに入るのか。

美和は興奮し切って弾んだ呼吸を押し殺すのに全身全霊をかけた。

となりからもシャワーの音が聞こえはじめると、渡瀬が慎重に美和の中から楔を抜き、ゆっくりと脚をおろす。

美和は息を殺して静かに床に降り立った。隙間はあるが、屈んで覗き込もうとしないかぎり足は見えない。壁から背を離したときにみしりとちいさく鳴り肝が冷えたが、壁のむこうの相手は気づかなかったようだ。

やれやれである。

しかしホッと胸を撫でおろしたのもつかのま、渡瀬が背後から抱き締めてきて美和の口を手でふさいだ。そして背を押して腰を突き出させ、ふたたび硬い猛りを挿入してきた。

「〜〜〜っ！」

歯を食いしばって、喉の奥から出る嬌声を必死に飲み込んだ。とっさに壁に手をついて身体を支える。薄い壁を隔てたむこうに人がいるというのに、楔がゆっくりと抜き差しをはじめる。

「なぁ渡瀬くん、あの連れの人、なに？　友だち？」

となりの男がのんきな声で話しかけてくる。

「……会社の上司ですけど」

渡瀬が不機嫌そうな声で返事を返す。その腰はゆっくりと蠢いている。

「へぇ、そうかぁ。なんかさ、えらく色っぽい人だよね。女っぽいわけじゃないのにさ」

「そうですかね」

腰が揺れるたびに、結合部からぬちゃ、ぬちゃ、と音が生じ、それがとなりにも聞こえてしまうのではないかと思うと、美和は気が気ではなかった。それなのに己の身体はこの緊張感に官能的な興奮を覚えていた。声を出してはまずい、荒い呼吸も抑えなければと思えば思うほど身体はいっそう昂ぶってしまい、誤って達かないように己の根元をきつく握り締めた。

「今度よかったら僕も混ぜてよ。いっしょにプレイしてみたい」

「……。それってテニスのことですよね」

「もちろんそうだよ。さっき、おもしろそうなゲームしてたじゃないか。なんで？」

「いえ。また来るかどうかわかりませんけど。機会があれば、伝えておきます」

抽挿は、となりの男が出ていくまで続いた。美和の先端からはだらだらと雫《しずく》がこぼれ、気を抜いたらすぐにも爆発しそうだった。自ら腰をふって達ってしまいたいという欲求で頭がいっぱいで、しまいには泣きだしたくなった。

「じゃあお先～。渡瀬くん、今日はずいぶんのんびりだね～」

やがてようやくふたりきりになると、うしろを穿っていた猛りがそれまでの欲求不満を爆発させるように激しく動きはじめた。

「あ、ぁあ、…ん、……や……っ」

がつがつと強く激しい行為に互いの熱がひとつとなって頂点まで駆けあがり、限界へ到達する。

突き出した美和の尻に男の腹筋が思いきり叩きつけられ、内部の猛りが膨張した次の瞬間、身体の奥に熱い迸りを放たれる。

「——う、んんっ……」

多量の精液がどくどくとそそぎ込まれる。精気が身体に充満し、美和も身をふるわせて射精した。

楔を抜かれ、脱力した美和の身体を渡瀬が抱きとめる。

ふたりして荒い呼吸をくり返しながら床にすわり込んだ。

「ばかやろう……」

もうそれしか言えない。言いたくない。

渡瀬がいたずらっぽい顔をして覗き込んできた。

「辛かったけど、めちゃくちゃ気持ちよかった。とは思いませんでしたか?」

「……。思ったけどよ」

「よかった。チャレンジした甲斐《かい》がありました。今度はどこにしましょうか。会社の医務室とか」

「勘弁してくれ」

「はは、冗談です。癖になったらまずい」

ここで誰かに見咎められた場合、困るのは渡瀬のほうなのに。

上司を立てて一歩下がってみせているが、内実は豪胆な男だということは感じていた。上司と部下という関係ではけっして見ることのできなかった意外な素顔に驚かされたことはこれまでにもたびたびある。しかしこれには呆れた。

渡瀬はひとしきり笑ったあと、美和の身体を抱え直してうなじにくちづけた。

「それにしても、あなたという人はどうしてこれほど男にもてるんですかね」

先ほどの男のことを言っているらしい。彼らの会話は美和の耳にもかろうじて届いていた。テニスの誘いをしていたが、純粋にそれだけだったのか疑わしい。あれも妖精の影響か。

「知るかよ」

渡瀬の唇が耳元や首筋にたわむれのようにキスを落としていく。

「以前から男にもてる人でしたけど、最近は本当に目が離せない」

なんとも答えようがなく、美和は黙る。身体の前にまわされた男の厚みのある手に目を落とした。

「まさかと思いますけど、篠澤さんから妙な薬をもらったりしてないですよね」

「なにももらってねぇけど。それ、なんの話だ。山崎も言ってた」

「最近美和さんがやたらと色っぽくなったんで、その原因を皆で話したんですよ。それで、篠澤さんあたりに騙《だま》されて、開発中の妙な治験薬でも飲まされてるんじゃないかって話になって」

「なんだそりゃ」

美和は噴きだした。

「あー。まぁ、なんだ。俺がエロ臭くなったのなんか、おまえがこういうことしてるからじゃねぇの？」

半分冗談のつもりで適当に答えたら、首にくちづけていた渡瀬の動きが止まった。

「俺、ですか」

「ほかになにがある」

「……そうですね」

渡瀬の腕が脚のあいだへまわされた。その手は迷うことなく奥の入り口へむかう。

「ちょ、なにす……っ」

まだ熱を持って潤《ほと》びたそこにいきなり二本の指を潜り込まされた。中をぬちゃぬちゃとかき混ぜ、広げられ、たっぷりと蓄えていた精液がどろりと流れ落ちる。

『なんともったいないことをするのじゃ！』

「あ、っ……」

妖精が悲鳴をあげた。

美和も抗議しようと口を開きかけたが、タイミングを見計らったように小刻みに前立腺を刺激され、文句の代わりに嬌声が飛び出した。

「そうやってあなたは、すぐ俺を煽る」

「俺がいつ煽ったって……、ん……っ」

「そんなこと言われたら、もっと開発したくなるじゃないですか」

渡瀬は入ってきたときと同様に唐突に指を引き抜くと、美和を抱えたまま立ちあがった。

「うわ、おい」

「早く家に帰りましょう」

「いきなりどうした」

「帰ったらもう一戦しますよ。今度はベッドの上でじっくりと」

美和の抗議は強引なキスに飲み込まれた。明後日もまた筋肉痛で動けなくなりそうだった。

＋

それから数日後のことである。渡瀬との約束もなく、ひとり寂しく残業しているところに橋詰がやってきた。今後三年は会うこともなかろうと思っていたから驚いた。

「どうしたんだよ。イギリスは？」

「明後日から」

橋詰はつかつかと歩いて、すわっている美和の横に来ると、封筒を差し出してきた。

「検査してきたぞ」

「……まじかよ」

封筒の中身は検査データだった。美和はそれを開いて目を通す。保健所ではなく病院へ行ったようで、ひととおりの性病検査をおこなっていた。結果はすべて異常なし。

「これで、約束どおり相手をしてくれるんだろう？」

橋詰が机に片手をつき、身を屈めて覗き込んでくる。

「約束……したか？」

困った。まさか本当に検査してくるとは思わなかった。

橋詰の表情には思い詰めたような異様な昂ぶりがあり、冗談だろうと笑い飛ばせる雰囲気ではない。

「ひどいな。ここまでしたのに」

人差し指で、顎をなぞられた。

「正直に、医者に事情を打ち明けたんだぜ？　ちゃんと検査して証明しないと恋人が抱かせてくれないって」

「ふつうほんとにするかよ。だいたいおまえ、言い寄ってくる女は掃いて捨てるほどいるだろ。なにも検査してまで男とすることないだろうが」

書類を封筒へしまい、橋詰へ返すと、その手を握られた。

「もしおなじことをほかの誰かに言われたら、しなかっただろうな。男でも女でも。だが検査さえすればおまえを抱けると知ったらそのことしか考えられなくなって、気づいたら病院にむかってた」

橋詰のもう一方の手が美和の肩に添えられる。本気で口説き落とすつもりらしい。

「まさかここまでおまえに傾いていたとは、自分でも知らなかった」

「それはきっとなにかの勘違いだと思うぞ」

「いや。今日会って確信した。おまえのことが、ひと月前よりずっと魅力的に見えるんだ。それだけ惹かれてるってことだろう」

ちがうぞ橋詰、それって確実にオヤジ妖精の影響だぞ。そう言ってやりたいのに、明確な根拠を口にできない己がもどかしい。

質のいいスーツからほのかに漂ってくる甘い香りに胸がざわめく。橋詰の香りに、頭ではなく身体が惹きつけられる。

言うまでもなく頭の中ではオヤジ妖精が狂喜乱舞している。距離を置こうと後退してみたが、肩に添えられた手に阻止された。

「あのな橋詰。人に検査しろと言っておいてなんだが、俺は性病検査なんてしたことないぞ。それなのにコンドームは使うなと言うんだ。考え直したほうが身のためだぞ」

「かまわない」

握られている手を橋詰の口元へ持っていかれ、指のつけ根にくちづけられた。ふたりのあいだに流れる空気が濃密なものになってくる。

「かまわないことないだろう。考え直せ」

「不安になるのはわかるが、心配するな。任せてくれればだいじょうぶだから」

「いや、そういうことじゃなくてだな……」

積極的に攻めてくる男に尻込みしながら、美和はふと自分の思考回路に疑問を抱いた。

病気は持っていないと証明された。橋詰はいままで出会った誰よりもオヤジ妖精を満足させてやれる逸材だと知っている。彼女はいないと言うから、誰かに迷惑をかけることもない。

それでもやっぱり嫌だと思えた。妖精の嗜好に引きずられて精気の香りに惑わされそうになっているが、どうにか拒否できないものかと思考をめぐらせている。

それは橋詰が友人であり、同僚だからだ。セックスの対象にはならない。星も然り。

では、渡瀬は——？

渡瀬が相手だと、これほど必死に拒もうとしない自分がいる。それはなぜだ。

相手はひとりに統一したいと思っているから？　自分に惚《ほ》れている男への同情？　それだけ？

つきあっているわけでもない。ただのセックスフレンドのようなものなのに、常にあの男の面影が脳裏に浮かぶ。

「あのな、橋詰——」

とにかく橋詰とはできない。はっきり断ろう。そう決めて話しだしたとたん、言葉が出なくなった。身体も指一本動かない。

抱き締められても金縛り状態であらがうこともできず、動転しているうちにくちづけられた。精気が流れ込んできて、独特の高笑いが頭の中でこだまする。

『美和よ、あとはわしに任せて休んでおれ』

しまった。どうやらまたもや身体の自由を奪われたらしい。しかも拘束力が星のときの比ではない。

あのときは憑かれたばかりで精気が乏しく、妖精の魔法の効力も弱かったのだろうが、いまはそれなりに力を蓄えている。意地でも橋詰の精気をもらうのだという執念も感じる。

まったく動けないばかりか声も出ないのでは、抵抗することも助けも呼べない。唯一自由に動くのは目だけだ。

焦っているうちに橋詰のくちづけが深いものになり、上着を脱がされる。

大人しくキスを受け入れたから、了承したと受けとめたのだろう。それはいい。そう誤解されてもしかたがない状況だから、百歩譲ってそれはよしとしよう。だが、なぜ作業台に押し倒すのか。ズボンのベルトをはずしはじめるのか。

「美和……いいか?」

恐ろしいことに、ここでするつもりらしい。

冗談ではない。首を思い切り横にふりたいのに、操られた身体は意思に反して頷いている。

勘弁してくれここは職場だぁっと美和は絶叫した——心の中で。

室内に残っているのは美和だけだが、研究所内にはまだ人がいるはずだ。いつ誰が来るかもわからない。渡瀬や山崎もついさっきあがったばかりだ。そんなこともわからない男ではないはずなのに、橋詰は憑かれたように美和の身体に夢中になっている。

せめて場所を移動してくれと目で訴えても気持ちは届かない。ズボンをおろされ、バックの姿勢から橋詰自身を埋め込まれた。

「——、……っ」

「美和……すごくいいよ」

橋詰は男ははじめてのはずだが、さすが色事師というべきか、驚くほど手際がよく巧みだった。薬品棚にあったグリセリンを使用してくれたお陰で挿入時も楽だった。

抽挿が徐々に激しくなり、オヤジ妖精が興奮して姿を現す。わしの言うとおりこやつとしてよかったじゃろうと話しかけられるが、よくわからなかった。

敏感な身体は刺激されれば感じてしまうから、気持ちいいことは気持ちいいのである。だが力説されるほどのこともないというか、渡瀬との精気の違いはわからなかった。美和自身は妖精ではないのだから、その辺の違いまではわからない。

なにより気持ちが平淡でまったく興奮しなかった。星に口でされたときのように、苦い落胆が胸に広がっている。

橋詰も美和の身体ももうじき絶頂を迎えそうだというのに頭は冷め切っていて、セックスのあれやこれやって性格が出るもんだなあなどと淡々と分析していると、出入り口のほうから扉の軋む音がかすかに聞こえた。

唯一自由に動かせる目玉をむけてみると、すこしだけ開いた扉のむこうに渡瀬が立っていた。

視線が——合ってしまった。

まずい。

恐れていたことが起きてしまった。

これは修羅場になるかもしれない。決定的な現場を目撃されたのだ、お仕置きどころでは済まされない。

ゲイの色恋沙汰《ざた》など洒落にならない。職場だというのに、どう立ちまわったらいいのか。言い争い、殴りあい。これから起こりうる最悪のパターンがめまぐるしく頭を駆け抜ける。

だが予想に反して渡瀬は黙って踵《きびす》を返し、去っていった。

「………」

思いもよらぬ拍子抜け感に美和は声が出なかった。いや、元々声は出なかったか。のしかかる男の存在も忘れて混乱し、このときばかりは快感も遠のいた。

惚れた相手が職場で強姦されているのにそっと立ち去るとはいったいどういう了見なのか。もし自分ならば、いきなり殴りあいに発展しなくてもすくなくとも行為を中止させて問いただすだろう。

あの態度はおかしくないか？

そう思うのは自分だけなのか？

橋詰は目撃者がいたことも気づかずに達った。美和は置いてきぼりで、妖精の満足げな笑い声だけが虚しく耳に響いた。

その後、家まで送るという橋詰の申し出を頑として断って、ひとりで帰宅した。

渡瀬がいるかもしれないと思ったからだが、ここでも美和の予想を裏切って、彼はいなかった。

居間へ入り、電話に目を走らせるが、留守電にメッセージは入っていなかった。ズボンのポケットから携帯を取りだしてみると、橋詰からメールが入っていた。渡瀬からの着信はない。

シャワーを浴びて橋詰の残り香を洗い流したあと、ふたたび電話を確認するが、メッセージは入っていない。

急いで帰ってきたので夕食を買ってこなかった。食欲もなく、また外に出るのはおっくうで、ベッドに横になった。

渡瀬がどう思ったのかが気になってしかたがなかった。

星のときはお仕置きなんてものを仕かけてきたのに、今度は無視とは謎《なぞ》だ。

もしかしたら、ものすごく怒ったのだろうか。

橋詰とは関係ないと主張してきたのに、抱かれていたのだ。やっぱりそうだったじゃないかと、話もしたくないほど怒ったか。

あるいは節操のない男なのだと思われたかもしれない。べつの男との情事の現場を、このひと月で二度も目撃されたのだ。ほかにも誘っているのだと疑われても不思議はない。もう知らないと、愛想を尽かされたか——あるいはきらわれたか。

そう思うと、胸の奥が抉られるような苦しさを感じた。

襲われたのだと説明すれば、わかってくれるだろうか。

枕元に転がした携帯に目をやる。電話してみようかとも思ったが、手は伸びなかった。話してみたところで無言しか返ってこなかったらと思うと怖かった。電話にも出てくれないかもしれない。

そもそも説明といっても、なにを言えばいいのか。あれは誤解だとでも言うのか。抵抗もせずしっかり抱きあっていたくせに、なにが誤解だというのか。

それこそ恋人同士ではないのだ。訊かれてもいないのに言い訳をするのもおかしいではないか。

「電話、来ねぇかな……」

むこうから尋ねてくれたらいいのにと思う。しかし尋ねられたところで困ってしまうだろう。なぜ抵抗しなかったのかと問われても、妖精のせいだとは言えない。そんなことを言ったらふざけているのかとよけい怒らせるだけだ。

けっきょく自分がなにを望んでいるのかわからなくなり、思いは千々に乱れた。

「……ったく、淫魔め。なにもかもあんたのせいだぞ。聞いてんのかこら」

すべての元凶に悪態をつく。妖精は橋詰の精気をたらふく食らって満足し、眠ってしまったようだ。美和が話しかけても文句を言っても反応が返ってこない。勝手な妖精である。

「……明日からどうすりゃいい」

友人に強姦されたばかりだというのに、気がつけば渡瀬のことばかり考えている。

ふつうは強姦されたらそのこと以外に頭がまわらなくなるだろう。もちろん橋詰に抱かれてしまったことはショックではあるのだが、そのことよりも渡瀬に無視されたことのほうが、より深刻さをもって胸を大きく占めているとはどういうことだ。

恋人でもない相手に、なぜこれほど気持ちを乱される。

疑問ばかりが頭に浮かぶが、混乱していてまとまりがつかない。

渡瀬はいまごろどうしているだろう。なにを考えているだろう。

彼がいまからうちに押しかけてくることはなかろうか。電話がかかってくるかもしれない。そんな期待とも不安ともつかない想像をして寝返りを打つ。

自分は渡瀬に来てほしいのだろうか。

彼にどうしてほしいのだ。

美和はらしくもなく悶々《もんもん》としながら夜を過ごした。

翌日はいつもより早めに出勤した。始業前に渡瀬とふたりきりになれたら、と思ったのだ。今後も妖精を養うためには渡瀬の協力が必要なのである。

うまく説明できる自信はなかったが、関係を続けてもらうためにも、自分から誘っていないことだけは話すつもりだった。

しかし、いつも早い彼がなかなか来ない。

「わー、御頭。今度の火災訓練、うちが火元っすか。設定は……はぁ、爆発事故」

「ああ。山崎、おまえ救護係な」

「ええっ？　怪我人役は誰です？」

「天方が瀕死の重体で――」

春の火災訓練に関する所内メールをチェックしていた山崎に話しかけられていたときに、渡瀬が研究室へ飛び込んできた。遅刻ぎりぎりだ。

「渡瀬くん。待ってたんだ。ちょっとこれ見てくれ」

すぐにおなじ研究グループの大豆生田が声を張りあげて手招きする。そのまま仕事に突入してしまったので、あいさつを交わすまもなかった。

出遅れた美和は渋々自分の作業を進めた。しかし渡瀬のことが気になってしかたがない。ミスこそしないものの、いつものように仕事に集中できない。

対する彼のほうはこちらに視線をむけようともせず手元に熱中している。いつもと変わらぬ涼しげな態度。昨日のことはなんとも思っていないのか。いやまさか、そんなはずはない。

胸の中が燻りはじめ、美和は次第に苦しくなってきた。これは精神衛生上よろしくない。やはり早急に話しあいの場を設けるべきだ。

「渡瀬」

午前中はどうにかやりすごし、昼休憩の時間になったら真っ先に声をかけた。

「ちょっと来てくれ。いますぐだ。それは置いとけ」

渡瀬だけでなくとなりにいた大豆生田も顔をあげる。

「大豆生田、渡瀬借りてくぞ」

そう言って出入り口にむかい、戸口でふり返る。腰をあげない渡瀬を再度促す。

「話がある。会議室へ行こう」

顎をしゃくると、渡瀬は無言で立ちあがり、あとについてきた。

自分から話せることはあまりない。渡瀬がどう出るか。それによって話の持っていき方も変わるだろう。

緊張して黙したまま階段を上る。いっそオヤジ妖精に、記憶を消すような都合のいい魔法をかけてもらえたらいいのにと逃避的な思考に傾いているうちに二階の会議室へ着いた。渡瀬を先に中へ入れ、自分もあとに続こうとしたところで、急にオヤジ妖精が陽気な声を発した。

『おおお！　よい目覚めじゃ！　橋詰とやらのお陰で精気が満タンになったぞよ！』

昨夜から眠り続けていて、ようやく目覚めたらしい。ポンと姿を現した。

『ふむ。いただいた精気もほどよく身体に馴染《なじ》んだようじゃ。これならよかろう』

こんなときに出てきてなにやら勝手なことを言っている妖精のマイペースぶりに目を剝《む》き、なんで出てきやがったと怒る美和の前で、妖精はふわふわと床に降り立った。

姿を現したときは美和の頭の周囲で浮いており、足元に降りることはこれまでなかった。はて、どうしたのだろうと観察していると、妖精が細い両腕をふりあげた。

『ふっかーつっ！』

頭が割れそうなほどの怒号。同時に妖精の輪郭が陽炎のように揺れだし、その半裸の身体から青白い閃光《せんこう》が放たれた。

「――っ？」

まぶしさに目を細めたとき、その身体が餅《もち》のように膨れだした。たまげる美和を尻目に、十センチほどだった妖精の身体はぐんぐん大きくなり、やがて美和の身長も超える長身となり、止まった。

変化したのは身長ばかりではない。容姿は二十代なかばのハーフのような端麗な姿となり、赤い腹巻き一枚だった服も上等なスーツに変わっている。

「……あんた……誰？」

思わず呟く美和に、オヤジ妖精は晴れやかな笑顔を浮かべてみせる。

「ホホホ。驚くのも無理もないの。どうじゃ、これがわしの本来の姿。この姿ならばおぬしとて一戦交えたくもなろう？」

言葉もなく呆然としていると、渡瀬が会議室から顔を出した。

「いまの光は――っと」

美青年と化したオヤジ妖精に目を止めた渡瀬は、外部の業者か客人と思ったようで会釈をした。

「あ、わ、渡瀬、わりぃ。ちょっとそこで待っててくれっ」

美和は妖精の腕をむんずとつかむと、となりの応接室へ引っ張り込んだ。

「なんじゃ。乱暴だのう」

音を立てて扉を閉め、腕を離して一歩下がる。改めて頭の先から観察した。

「………あんた。ほんとにあのオヤジなのか」

「そうじゃ」

変身するところを目撃したのだし、口調はそのままだから疑いようがないのだが、あまりの変化に確認せずにはいられない。

目を皿のようにして目の前に立つ美青年を凝視するが、あのみすぼらしくも憎めないオヤジの面影はひとかけらも見出せなかった。

「あ……そういや渡瀬……、あんたの姿、見えてたみたいだな……」

「そうじゃろうて。もうおぬしには寄生しておらなんだからの」

「え」

「おぬしとその周辺の男どものお陰で無事に復活することができたのじゃ。感謝しとるぞよ」

「え……と。それってつまり……」

オヤジ妖精は本来の姿に戻れたという。美和への寄生から離れたという。

それは、つまり。

「そう。もうおぬしは嫌々男に抱かれなくともよいのじゃ。無体なことを強いて悪かったの」

「え、いや、だけど、あとひと月ってこのあいだ……」

『じゃから、上玉の精気をいただいたから回復が早まったのじゃ。まぁ、わしもこんなことははじめての経験じゃから、ひと月という予想もいい加減じゃったかのー』

「……」

「世話になったな。それではわしはさっそく狩りに出かけたいのでの。さらばじゃ」

妖精はハリウッドスターのようなきらびやかな笑顔をふり撒きながら、颯爽《さっそう》と部屋を出ていこうとする。

「――って、ちょっと待てよ。このまま出ていくのか？」

「なんじゃ。なにか問題かの」

「いや、部外者だから。入った形跡がないだろ。ここ、研究施設だし、身分証も持たずにふらついてると守衛に職務質問されるから、姿を消していけよ。それぐらいできるんだろ」

動転しているせいか、妙に現実的なことにだけ頭がまわる。しかしせっかくの美和の助言も妖精には無意味だった。

「おお、守衛のう。守衛の中に好みの男がいるんじゃが、今日は出勤しているじゃろうかの。身体が戻ったことだし、さっそく手合わせを願ってみるかの」

「だぁっ！　頼むからっ！　ここの連中には手を出さないでくれよっ」

悲鳴をあげんばかりの勢いで止める美和に妖精は冗談じゃと笑う。

「しかたがないのう。おとなしく帰るとするかの」

オヤジ妖精はそう言いながら扉とは反対側の窓際にむかって歩いていった。

「お、おい」

「なんじゃ」

「ほ、ほんとに行くのか……？」

「むろん。涙も餞別《せんべつ》もいらんぞよ」

「んなもん、ねぇけど……」

「ではな。達者で暮らすがよいぞ」

妖精は壁際まで来ると、ふり返り、今度こそ美和に別れを告げて晴れやかなウィンクをした。そして堂々とした歩きっぷりのまま壁を透過し、まぼろしのように消えていった。

「……は」

美和は妖精のうしろ姿が見えなくなったあともしばらく固まったままその場から動けなかった。

落ち着こう。

油の切れた機械のような動きでふらふらと窓辺に近づいてみる。しかし窓の外にも周囲にも、オヤジの姿は見当たらなかった。

「なぁ。オヤジ……?」

じつはその辺に隠れていやしないかと小声で呼びかけてみるが、返事は返ってこない。

身体の変化がないためこれっぽっちも実感が湧かない。信じられない。が、妖精は去っていったのだ。本当に妖精から解放されたらしい。

「……ほんとに……」

突然宿主を解雇されて、喜ぶより先に放心してしまう。いくらなんでも唐突すぎるではないか。この収拾はいったいどうしてくれるのか。いや、もちろん帰ってきてほしいわけではない。もう一生帰ってこないでいい。顔も見たくないのだが……。

「……よかった。うん、よかった……」

いつまでも呆けているわけにもいかず、ぶつぶつ呟きながら廊下へ出ると、となりの会議室の扉の前に立っていた渡瀬が不審そうに声をかけてきた。

「美和さん？」

「や、なんでもねぇよ」

どこからどう見てもなんでもなさそうには見えないだろうが、それ以外に言うべき言葉が見つからない。

「先ほどの方とは、もういいんですか」

「ああ。ちょっとした顔見知りなだけ」

渡瀬の背を押し、動揺したまま会議室の中へ入った。

室内は長机も椅子も隅に片づけられ、がらんとしている。美和は数歩で足を止めたが、渡瀬は部屋の奥へと進み陽射しの差し込む窓を背にして立った。距離を置いてむき合う。

あのオカルト生命体から解放されたのはありがたいことだが、手放しで喜べないのはこの状況があるからだ。

渡瀬との関係。

これは——どうすればいいのだ。

「用件はなんでしょう」

男の硬質な声が広い室内に響く。

オヤジ妖精が去ったいま、渡瀬との関係を続ける必要はなくなった。つまり、橋詰との仲を説明する必要も、もうない。

「あー、それなんだが」

美和は顎に手を添えた。剃り残したひげが親指にふれ、無意識になぞる。

本来呼び出した理由はなくなった。だが、代わりにべつの用件ができあがっている。どう切り出せばいいものか。まだ先のことだと思っていたから別れのセリフなど考えていない。必ず来る未来だと知っていたはずなのに、不自然なほどに。

とにかく話さなければと思案してみるが、単刀直入な喋り口で長年通してきた美和の語彙《ごい》など限られている。多少考えたところでうまい口上が浮かぶはずもなかった。

「えーとだな。その、いままで相手してくれて助かった。だが、もう、いいみたいだ……」

けっきょく、語調を弱めることで切れ味の鋭さをごまかした。

いまこの場でこんな話をすることになるとは思ってもみなかったから、心の準備ができていない。言葉を選ぶ余裕もなかった。逆上されたらどうしようかと心持ち不安になりつつ相手の様子を窺うが、渡瀬は微動だにしなかった。

「俺は用済みですか」

あらかじめ予測していたように、さほど間をおかずに落ち着いた声で確認してきた。

たぶん誤解しているだろう。橋詰と結ばれたと思っているのかもしれない。だが、関係を終わらせる男の誤解を解いたところでなんの意味がある？　解く必要があるかと言ったら、ない。

そして婉曲話法なんて知らない美和は、「用済みか」と訊かれたら、イエスかノーのふたつの言葉以外に答えることができない。中間なんてない。だからこの場合の答えはこうだ。

「ああ」

言い方次第で相手を傷つけることもないし、摩擦も起きない。それは承知しているが、どう言い繕ったところでけっきょく答えはイエスなのである。まどろっこしい表現は苦手だ。

周囲の者も、自分がこういう人間だと理解してくれている。渡瀬もむろん知っているはずだ。

だが、こういう状況ぐらいは配慮のある言葉を使いたいものである。

渡瀬は表情ひとつ変えないが、きっと傷ついたはずだ。なにしろ並みならぬ好意を寄せてくれていたのだから。

「そういうことに、なるな」

フォローの言葉をかけようと思ったのに、さらにだめ押しするようなことまで言ってしまった。焦って言葉を探すが、それより早く返事が返ってきた。

「そうですか」

背後から陽射しを受けて、渡瀬の顔は薄暗く翳《かげ》っている。その表情は悲嘆にくれているわけでも憤怒を浮かべているわけでもなく、淡々としているように見えた。

「それだけでしたら失礼します」

渡瀬は理由も訊かずに美和の横を通り過ぎ、会議室を出ていった。

重い扉の閉まる音がからっぽの頭に反響する。

ひとり、取り残される。

「…………。なんだ、そりゃ……」

美和は不意打ちのボディブローとアッパーをたて続けに見舞われたような衝撃を受け、しばらくその場から動くことができなかった。


午後の仕事はどうこなしたのかよく覚えていない。機械的に働いて、自宅に帰り、居間の座椅子にへたり込み、そこでようやく停止していた思考が活動を再開した。

渡瀬は自分に惚れているはずだった。だから怒っていたとしても、本気で離れていくことはなかろうと、心のどこかで思っていた。つっけんどんなもの言いをしてしまったが、当然、理由を訊かれるだろうと思っていた。

だが彼はあんな乱暴で一方的な宣告を反論もせず受け入れた。

好きだったのなら食い下がりそうなものなのにどうして納得できるのか。考えた結果、それはやはり、たいして好きではなかったか、気持ちが冷めたということなのだろうという結論が出た。

問いただしてこなかったのは怒っていたからではない。関心を持たれていなかったのだ。

「……」

美和は自分が導きだした結論に、しばらく呆けてしまうほどの衝撃を受けた。

三日前にも熱く抱きあったばかりなのに。にわかに信じがたいが、ほかに考えつかなかった。ある程度予測のつく実験データとは異なり、人の心は計り知れない。そんなこともあるだろう。

「好きだったんじゃ……、ないのか……」

疑問形のつもりで紡ぎはじめた言葉は、確認の形で結ばれた。

それらしいことを何度もささやかれ、好かれていると思い込んでいたが、思えば、はっきりと好きだと告げられたことはなかった。

渡瀬も星や橋詰同様、オヤジ妖精の影響を受けて、恋心を錯覚していただけなのかもしれない。以前から好きだったようなことをほのめかされたこともあったが、それもそんな気分になっただけなのかもしれない。

妖精がいなくなったから、目が覚めたのだ。その答えがすとんと胃の腑《ふ》に落ちた。

「そうだよなぁ……」

渡瀬のように若くてもてる男が四十間近のオヤジを正気で相手にするわけがないのだ。はじめて抱かれたときは男を惹きつける魔法はかけられていなかったが——きまぐれだったとか、憑かれただけでも妖精の影響があったのか、たぶんそんなところなのだ。

美和は座椅子からずり落ちるようにして床に寝転んだ。

起きあがる気力がない。このまま溶けて床下まで沈んでいきそうなほど落ち込んでいる自分が滑稽《こっけい》で、泣きたくなった。

渡瀬とはつきあっていたわけじゃない。妖精に憑かれたためにしかたなくはじまった関係で、できることなら関係など持ちたくなかったはずだ。いろいろと追及されたり責められたりと面倒なまねをされず、あっさり縁を切れてよかったはずだ。またいままでどおり、まっとうな人生を送ることができるのだ。喜ぶべきだろう。

落ち込む理由などないはずだ。

それなのに——なんで。

なんでこんなに、泣きたい気分になるのか……。

まんじりともせず夜を明かし、出社した。

誰かが渡瀬に話しかけるたびに、そして渡瀬が声を出すたびに、身体がびくりと反応してしまう。作業に集中しなくてはと思うのに、おなじ室内にいる男の存在が美和の気を散らす。

「渡瀬くん、これ――」

姿を見ることはできなかった。

渡瀬が話しかけてくることもない。業務上会話が必要な場面もなかった。ひと言も交わさず視線も合わせず、その日の仕事を終える。いまは意識しすぎて自然にふるまえないが、時がたてば、元どおりに接することができるようになるのだろうか。

元どおり。喜ばしいことなのに、気持ちは下降の一途を辿る。

帰り支度を済ませて駐車場にむかう途中、ミモザの大樹が目に止まった。花の盛りは過ぎていたが、黄色の花と新緑の混じった淡い色合いが夕闇に美しく映えている。

ひと月前、この木を見あげていた男の姿がせつないほど鮮やかに脳裏に浮かぶ。

関係を終わらせたのは自分のほうなのに。彼とふれあうことは二度とないのだと思うと身体の中ががらっぽになったような空虚感が押し寄せてきて、あの男の存在が自分にとって無視できぬほど大きなものになっていたことを思い知らされる。

こんなことなら妖精が取り憑いたままのほうがよかった。そうしたら関係を続けていられたのに。あれほど疎ましく思っていた妖精に戻ってほしくなるほど、この結末を後悔している自分は愚かだ。

「……ばかだな……」

胸が痛くなるほど込みあげてくる想いが芽生えていたことをようやく自覚した。

なぜ星や橋詰はだめで、渡瀬はだいじょうぶなのか不思議だった。このひと月、自分の心の動きにとまどい続けた。

だが、わかってしまえば簡単なことだった。なぜ気づかなかったのかと呆れるほどに、答えは眼前に示されていた。

渡瀬だけにときめいて、安心して身をゆだねることができるなんて、そんなの子供だって簡単に理由を導きだせる。

本当は心のどこかでわかっていたのだ。ゲイではないし、妖精のせいで妙な気分になるのだと思い込んで気づかないふりをしていただけだ。いい年したオヤジが若い男相手に惚れたはれたと言うのは抵抗があって、認めたくなかっただけだ。

渡瀬ばかりが一方的に惚れているのだと思っていたが。

——自分だって、いつのまにか——。

十一

翌日、部長から呼び出しがかかった。東京本社への出向の打診だった。

断る理由もないし、いまの自分にはちょうどいい気分転換になるかもしれないと思い、承諾した。

部長室から出ると、渡瀬と大豆生田にばったり出くわした。昼休憩で食堂から戻ってきたところのようだ。

「御頭。部長室ってことは……もしかして、本社出向の話ですか？」

どこから情報を仕入れてくるのか、大豆生田は耳が早い。仕入れ先はおおかた総務の女子あたりだろうが。

「おう。わりぃ。時間がねぇんだ。戻ったら説明する」

今日はこれから外部の業者と打ちあわせがあるため、足早にふたりの脇をすり抜けた。途中、渡瀬の驚いた表情が視界をかすめていき、胸が波立つ。

関係を自ら壊したあとで自分の気持ちに気づいたところで遅すぎる。取り返しはつかないとわかっている。それでも修復できないものかと未練がましく思ってしまう。

ちなみに橋詰と抱きあった日から三日がたつわけだが、体力が減退したり精気を欲することはなかった。オヤジ妖精に取り憑かれる前の正常な身体に戻ったようだ。

魔法が解けたため、部下たちのセクハラも激減した。まるで憑き物が落ちたかのような反応だ。憑き物が落ちたのは美和のほうなのだが。と言うものの完全にセクハラをされなくなったかというとそうでもなく、微妙な感じでもある。

渡瀬たちと別れたあと、応接室へ直行した。今日は会議三昧《ざんまい》の日で、打ちあわせが終わると今度は室長会議で会議室へ。毎度のことだが会議は長引いて、けっきょく終業時間までに研究室へは戻れなかった。部下たちへ出向の話をするのは明日にするしかない。

会議のあとは第二研究室の篠澤と部長の三人で飲みに行くのが定例となっており、今夜も例に漏れず馴染みの居酒屋へむかい、研究オタクの独身オヤジ三人でオタクな話を繰り広げた。

こう言うと、メタンやらブタノールやらの化学式が居酒屋に飛び交うイメージを抱くかもしれないが、実際はそんなものではなく、どこのメーカーの育毛剤がいいとか（篠澤の研究グループが化粧品会社と提携して育毛剤の開発に取り組んでいるためである。けっして美和たちが禿《は》げているわけではない）、女性向けに睫毛《まつげ》の育毛剤を開発したら売れるんじゃないかとか、研究で使って役目を終えたバラの鉢植えを総務の女子にあげたら株があがったとか、株といえば自社株があがってきたな、とか。たあいのない話ばかりだ。

帰宅したのは二十二時頃だった。

久々にしたたかに酔っ払い、おぼつかない足取りで自宅マンションに辿り着く。今日はこのまま寝てしまおうと思いながら玄関扉を開け、一歩踏み込んだところで中から伸びてきた手に腕をつかまれ引きずり込まれた。

「うわ！」

暗い玄関ホール。空き巣かと思い渾身の力で腕をふり払おうとしたが、乱暴に身体を壁に叩きつけられる。押さえつけられ、相手の顔を真正面から見据えると、それは渡瀬だった。合鍵を預けたままだったから、彼が家の中にいても不思議ではない。だが——。

「わた、せ？」

驚いているうちに唇をふさがれた。熱い舌が唇を割り、喉の奥まで差し込まれる。縮こめていた舌を強引に引きずり出され、根元から深くしっかりと搦め捕られて呼吸ごと奪われる。獣が餌《えさ》を食らうような勢いでむさぼられ、息ができずに美和は喘いだ。

それでもくちづけは執拗に続き、角度を変えて何度も何度も求められる。激しさについていけないながらも流れ込む唾液を必死に飲み込み、受け入れていると、太腿で中心をさすられた。

「ん、んん……っ」

押さえつけていた渡瀬の右手が下へ降り、ベルトをはずす。ズボンのホックもはずされ、ファスナーをおろされる。手が素肌を這い、うしろへまわされ、尻の割れ目をおりていく。

入り口にふれた。

ズボンがベルトの重みで自然に落ち、下着は渡瀬の手でおろされた。外気にさらされた中心を太腿で直接刺激される。同時にうしろも表面を撫でるようにいじられる。

「——……っ！」

気持ちはとまどっているのに、慣らされた身体はすぐに火がついた。中心は硬くなり、うしろの入り口はヒクつきはじめる。

唇が離された。しかし酸素を求めてゼイゼイと荒い呼吸をくり返す喉は、声を出す余裕がない。

大きく口を開けて息をついていると、そこに渡瀬の指が差し込まれた。

「ん、ぐ」

「舐めて」

中指と人差し指が、舌を圧迫する。

「よく唾液を絡ませないと、あなたが辛い」

いきなり襲われてそんな命令をされ、指を噛んでやろうかと思ったが、いち早く察知した渡瀬が陰嚢を押しつぶすほどの強さで太腿を押しつけてきた。

「……噛んだりしないでくださいね」

痛みに顔をしかめつつ、しかたなく指に舌を絡ませる。まんべんなく濡らしてやると、指を引き抜かれた。

「なぁ……、いったい、なんで、ぅ――っ」

唾液を滴らせた指が、性急に入り口に潜り込んできた。そのまま中から前立腺をこすられる。

うしろに指を差し込まれて逃げられなくなったのを見て、肩を押さえつけていた渡瀬の左手が美和の中心を握る。前とうしろから小刻みに揺すられる。魔法は解けたはずなのに、かかっていたときとおなじほど敏感に反応した。

「あ、ぁ、……なぁ渡瀬。どうして……」

問いかけても答えは返ってこない。喉元に食いつかれ、頭が仰け反った。

首から鎖骨にかけて、渡瀬の唇が肌を吸う。いくつもちいさな痛みを感じ、キスマークをつけられていることを知った。

「い、あ…っ、んなところ、やめてくれ…」

抗議しても、聞き入れてもらえない。渡瀬は荒い息遣いで美和の肌に顔を埋めている。

うしろがやわらかくなってくると、指を引き抜かれ、身体の向きを裏返された。背後でファスナーを下げる音。

「なぁ、……っ。するならベッドで……」

「余裕ですね。……犯されているのに」

渡瀬が低く呟く。余裕があるのではない。頭が混乱して状況についていけていないだけだ。立ったまま尻を開かれ、熱い楔があいだにはさまれる。そのまま力任せにねじ込まれた。

「く――っ！」

やわらかくなっていたとはいえ、その勢いに身体が悲鳴をあげた。歯を食いしばって衝撃に耐える。

「今日で三日目。ほしかったんじゃないですか？」

渡瀬ははじめから全力で突きあげてきた。

「あ、あっ……ぅ、く……っ」

壁と男の身体にはさまれたきつい体勢。すこしでも楽になろうと腰を突き出すと、しっかりと腰をつかまれ、打ちつけるように激しく抜き差しされる。

「三年も我慢できますか？　男が欲しくても、あの人はもう日本にいない」

腰を突き出したことで上体が離れた。それを追いかけるように男の胸板が密着してきて、腰をふるうたびに衣服が摩擦する。

「彼がいないあいだ、どうするんです。東京で男漁《おとこあさ》りでもしますか」

耳元で意地悪くささやかれる。先日あっさりと身を引いた男の言葉とは思えない。なぜいまさらそんなことを言ってくるのか、わけがわからない。

「おまえ、わかったって……、ぁ……言った、のに、どうしてこんなこと……っ」

「俺は用済みだという、あなたの気持ちがわかったというだけです。この関係を終わらせることを、了承したわけじゃない」

「それって、どういう……ぁ、……っ」

激しい抽挿に立っていられなくなり、美和はその場に崩れ落ちた。それでも渡瀬は律動を止めない。美和の上に覆いかぶさり、獣のように腰を高くあげさせた格好で攻め立てた。

「身体の関係をやめないと言ってるんです。本社へはここから通うのか、それとも引っ越すのか。どちらでも俺はかまわない。伺います。拒むなら、あなたの恥ずかしい写真を撮って彼に送りつけたっていい」

「な……」

渡瀬の手が前にまわされ、美和の中心を握る。うしろの動きに合わせて扱かれ、すぐに反り返り、先走りを漏らした。

「週一でも月一でもいい。もう会えないなんて、そんなのは、無理だ」

激しい言葉と身体への強烈な刺激で身も心ももみくちゃにされ、頭が朦朧《もうろう》としてきていた。

その耳元へ、かすれた声がささやかれた。

「……好きだ」

言葉とともに、楔を最奥まで押し込まれる。

「どうしても、止められない」

引き抜かれ、ふたたび深く入ってくる。

「美和さん……好きだ……」

美和は目を見開いて床を見つめた。

はじめは聞き違いかと思った。しかし二度目はしっかりと鼓膜をふるわせて、耳に届いた。

聞き間違いでは、ない。

「諦めてたのに。ずっと、ずっと……」

男が苦しげに心情を吐露する。

「それなのに、こうして手につかむことができて。……こんなふうにふれてしまったあとでは、手放すことなんて、できるはずがない」

「……」

「好きだ」

男の口から紡がれる情熱が奔流のように熱く降りそそがれ、身体の中で激しく渦を巻く。

床についた己のこぶしが目に映り、それが徐々にぼやけだす。欲しかった言葉を耳にし、わけのわからない感情が胸に込みあげてくる。

「……ふ……」

溢れる想いを耐えきれず、熱いものが頰を伝った。床にはらりとこぼれ落ちる。

渡瀬が動きを止めた。

「……泣いて……？」

驚愕し、息を呑む気配。美和が犯されたぐらいで泣くような男ではないことは、渡瀬も知るところだ。

「くそ……、そんなに……」

ぎり、と奥歯を噛み締めた男が、強く腰を進めた。

「わた、……っ、んっ、や……めろ」

「やめません」

「そうじゃ、なくて……」

話がしたくて行為をやめるように訴える。すすり泣きながら声を絞るが、それが逆に男の激情を逆撫でてしまい、抜き差しが徐々に加速されていく。

「彼よりも、俺のほうがあなたの身体をよく知ってる。この身体だって、俺の形に馴染んでる」

中のいいところを何度もこすりあげられ、狂ったように急激な上昇率で高みへ導かれる。

「俺のほうが、彼よりずっと……あなたのことが、好きだ」

「あ…あ、……」

好きだ、と、耳元でくり返しささやかれる。

涙をこぼし、中心からもとめどなく先走りをこぼし、美和は乱れた。やがて身をふるわせて熱を吐き出し、絶頂を迎えた。同時に渡瀬も美和の中へ情熱を注ぎ、ひと息ついてからゆっくりと楔を抜いた。

腰の支えを失って、美和は廊下に転がった。冷えた床が気持ちいい。渡瀬も床に腰をおろして壁に寄りかかった。苦しげな眼差しで美和の泣き濡れた横顔を見つめる。

薄暗い廊下に、互いの荒い呼吸だけが響いた。

「泣かせてしまったことは、謝ります。でも行為自体は謝りませんから」

しばらくして、渡瀬がしわがれた声で疲れたように言った。

「……アホ」

「そうですね」

「そうじゃねぇ」

美和は気だるく腕をあげ、片手で目元を覆った。

「アホ」

「……。なんなんです」

「水、くれ」

ぶっきらぼうに言うと、渡瀬は黙って立ちあがり、廊下の照明をつけてキッチンへむかった。そのあいだに美和はのろのろと身体を起こし、大雑把に衣服を整える。

履いたままだった靴も脱いだ頃、渡瀬が水を入れたグラスを持ってきてくれた。それをいっきに飲み干し、大きく息をついた。

「いくつか訊きたい。そこにすわれ」

渡瀬が狭い廊下に腰をおろし、むき合った。美和は空のグラスに目を落とし、もてあそぶように手の中で転がした。まず、頭を整理したい。

「あのなぁ……おまえ、俺と橋詰ができたと思ってるんだな？」

「……ちがうんですか」

「いいから先に質問させろ。思ったんだよな」

「はい」

「それから、俺のことが、その、好きで、関係を続けたいと思ってるんだな」

「ええ。いまさらです」

「だったらなんで、もういいって俺が言いだしたときに嫌だって言わなかったんだよ」

「ですから橋詰さんとつきあうことになったのだと思いましたから。星さんに襲われたときは抵抗した痕跡があったのに、橋詰さんには素直に身をゆだねていたので……やっぱりそうか、と思って。ちょっと、なにも言えないぐらいショックでしたし」

あれ以上会議室にふたりでいたら、ひどいことをしてしまいそうだったし、とも告白する。

「ふたりの気持ちが通じたときに俺が嫌だとだだこねたって、聞き入れてもらえるわけがないし、困らせてきらわれるだけだ。だから黙って我慢しました。ふたりはすぐに遠距離になるわけだから、チャンスはいくらでもある。その隙を狙って奪えばいいのだから、じっくり計画を練ろうと思ったんです」

「……その計画がこれか？」

「まさか。あなたが本社へ転勤するって話を聞いて、焦ってしまって。そばにいればチャンスはあるけど、いなくなってしまってはどうしようもない。そう思ったらいてもたってもいられなくなって――」

「おい、ちょっと待て。本社転勤ってなんだ」

「え？　昼間言ってたでしょう。出向って」

「あ？　出向って、一週間だけのくだらねぇ研修だぞ」

ふたりのあいだに奇妙な沈黙が落ちた。

「あー、もしかして長期のと勘違いしてたか？　それじゃなくて、毎年この時期に順番でかりだされてるやつ、あるだろ」

「えーと……？」

「ああそうか、おまえが入社してからは第一で行くのははじめてか。んじゃあ記憶にないかもな。去年は第二の篠澤で一昨年は総務の星。みんな無事に一週間で戻ってきてるぞ。三年も五年もいなくなったりしねーよ」

言っているうちにおかしくなって、美和は苦笑を浮かべた。誤解ばかりだ。渡瀬も気まずそうに目をそらして耳をかく。

「あのなぁ渡瀬。中坊のガキじゃあるまいし、いきなり襲う前に対話しようぜ」

「あなたに対話の必要性を説かれたくない気がしますが」

「はは……たしかにな」

「それで――。橋詰さんとのことですが、つきあいだしたわけではないんですね」

「あいつはただの友だちだ。関係ないってはじめから言ってるだろ」

「では三日前のあれは……」

「俺は拒否した」

「え……まさか。じゃあ」

渡瀬の顔がいっきに青ざめる。

「……うかつだった。このところの美和さんはいつ襲われてもおかしくなかったのに……」

悔しそうに唇を噛み締める男の双眸に剣呑《けんのん》な光が宿る。

橋詰への怒りをあらわにする渡瀬を見て、美和はどうしたものかと顎を撫でた。

この説明では遺恨が残る。すべてはオヤジ妖精のせいで、橋詰が悪いわけではないのだ。それに彼のほうは無理やりしたとは思っていないはずだ。今後、渡瀬と橋詰がいっしょに仕事をする可能性がないわけではない。そのときトラブルが生じかねない。

「あー、ただ、なんつーかなー、やつは悪くなくてだな。ちょっとした事情があって……」

なんとかせねばと思ったものの、日々実証を追い求め、うそやごまかしとは無縁の世界で生きてきた美和である。あいかわらずうまい言葉はまったく思い浮かばなかった。

「またそれですか」

渡瀬がため息をついた。

「俺は、そんなに信用ならない男ですか。それとも、そんなに橋詰さんをかばいたいんですか」

「そういうことじゃないんだが」

「どうしたら、心を開いてくれるんですかね……」

やるせなさそうな瞳に見つめられ、美和は目をそらす。

「俺を用済みにした理由もまだ聞いてませんでしたね。橋詰さんとのことが誤解ならば、なぜなんです。俺の身体に飽きましたか？　それもそのちょっとした事情ってやつで言えませんか？　ゲイじゃないのに男に抱かれる理由とおなじで」

隠していることばかりだった。これでは誤解するなと言うほうが無理かもしれない。

「……わかった。話す」

いいかげん逃げまわることはやめて、腹を括るべきかもしれない。そうしないと渡瀬もいつまでたっても橋詰の影に悩まされることになる。

「そもそもの発端があって、すべての理由はそれなんだ」

手にしていたグラスを床に置き、顔をあげた。その覚悟を決めた表情に、渡瀬も表情を引き締める。

「俺自身信じられないから口にしたくなかったんだが——」

これでも科学者の端くれである。非科学的なことを口にするのは抵抗があるし、渡瀬も同種の人間だから言っても信じてくれないだろうと思う。かといって、へたなうそをついたところでごまかされてはくれないだろう。ごまかし続けたせいでふたりの関係に亀裂が入ることを考えるならば、正直に言うべきだ。もし信じてくれなかったら、それはそれでしかたがない。

「事実はとんでもなくふぁんしふるでふぁんたすてぃっくだぞ。覚悟はいいか」

「ファ……？」

美和の口には似つかわしくない単語が飛び出て、渡瀬が怪訝《けげん》な顔をする。しかしそれにはかまわず話しはじめた。

「じつはひと月前から、妙なもんに取り憑かれてたんだ。男の精気を食うっていう妖精でな。それでゲイを紹介しろとおまえに頼んだんだ」

口を閉ざしたら言葉が続かなくなると思い、相手の目を見ながらひと息で喋る。

「橋詰に抱かれたのは、その妖精に身体の自由を奪われてたからで、あいつは和姦だと思ってる。それからおまえに用済みだと言ったのは、妖精がいなくなって、抱かれる必要がなくなったからだ」

そこまで一気に喋って大きく息を吸い込んだ。

渡瀬はといえば、話を聞き終えた数秒後にこめかみを押さえた。

「……驚いた」

男臭い唇が、ぼそりとつぶやく。

「知らないあいだに難解な比喩《ひゆ》を使うようになったんですね」

予想通りの反応だった。

「情緒不安定だったたってことですかね……それともやっぱり篠澤さんに妙な薬を……」

どう解釈すればいいのか判断がつきかねるといった様子である。

「どんなふうに解釈しても、それはおまえの自由だ。ただ、これが俺の真実だ」

「あなたがまじめに言っていることだけは、わかるんですけどね」

「病院に連れていこうとだけは思わないでくれよ」

渡瀬は複雑な顔をして「ええ、まぁ」と頷いた。

「家に帰ってゆっくり考えます。さらに謎が深まってしまった」

そう言って姿勢を崩し、立ちあがりながら床に置かれたグラスに手を伸ばす。

「べつに考えなくていい。いま言ったことは忘れてくれ」

グラスに届くより早く、美和はその手をつかんだ。

「そんなことよりも、おまえに考えてほしい大事なことがあるんだが」

渡瀬に視線で問われ、まっすぐな眼差しを返す。

「俺の気持ちだ」

握る手に力を込めて、ゆっくりと言葉を続けた。

「おまえが好きだ」

刹那、渡瀬の目が見開かれた。

「……え」

息を呑んでまじまじと見つめられる。

息の詰まるような見つめ合いは美和の羞恥を呼び覚まし、頬を染めさせた。耐えきれず、顔を背けて手を離す。

「え、じゃない。聞こえただろ。わかったらとっとと風呂にでも入れ。もう遅いし、泊まっていけばいいだろ」

上司の口調で言い置いてそそくさと立ちあがろうとしたが、すぐに手を握り返されて止められた。

「どういうことです」

「どうもこうも、言葉のままだ」

「ですが用済みってことじゃ?」

「だから、無理に身体の関係を結ぶ必要がなくなったからもういいって言ったんだ。あ〜、話がややこしくなるから、その話は忘れてくれ。ついでに言えば、おまえへの気持ちを自覚したのはそのあとで、まだ二日しかたってねぇんだ」

目を泳がせながら弁明していると、渡瀬が喉を鳴らしてにじりよってくる。

「では関係は継続ということでいいんですね」

「おう——どわっ」

頷くなり、腕を広げてがばっと抱きつかれた。はがい締めにされ、そのまま身構えることもできずに押し倒される。ふたりしてもつれるように床に転がった。

「いてーだろ、こら」

文句を言っても、返事はすぐに返ってこなかった。

渡瀬は美和の肩口に顔を埋めていて、その表情は見えない。

しかたのないやつだな、と面映い気持ちで思いつつ、身体の力を抜いた。

やがて肩口に顔を埋める男が、深いため息とともに密やかに想いを吐きだした。

「……すげ、うれし……」

美和は手を伸ばし、渡瀬のさらりとした黒髪にふれた。想いを込めて、そっと撫でてやる。

「——あ。じゃあさっきの涙は……」

男の呟きに答える代わりに髪を撫で続けていると、彼が頭を持ちあげ、唇を寄せてきた。窺うようにゆっくりと近づいてくる。美和は拒まずにそれを受け入れた。

先ほどの荒々しいものとはうって変わったやさしくやわらかいキス。オヤジ妖精の影響はもう受けていないはずなのに、渡瀬とのキスはやはり甘く感じた。

「美和さん」

長く優しいくちづけをかわしたあと、渡瀬が美和の頬を撫でながら言う。

「たしかに事実はファンタスティックですね。予想以上でした」

男の嬉しそうな微笑みと甘く蕩けそうな眼差しに、思わず目を奪われた。胸がじんわりと熱くなる。

「このあと、改めてきちんと抱きたいんですけど。いいですか」

「……ほんと若いね、おまえ。呆れるよ」

渡瀬が声に出して笑った。

「妖精さんに感謝しないとな……」

渡瀬は妖精をなんだと思っているのか。おおかた篠澤辺りだと思っているのだろう。

まぁ、いい。

「そうだな」

美和はゆるく笑って目を瞑った。

俺の名前を知っていますか

「御頭、やっぱり色っぽいよなー」

渡瀬《わたせ》のとなりにいる山崎《やまざき》が海老《えび》の天ぷらをつつきながら呟《つぶや》いた。

和食料理店の座敷の一室。退職する研究員の送別会のさなかである。

「このところ、いっときよりはすこしおさまった気もするけど。でもやっぱり前とは違うんだよなあ」

第一研究室の面々だけではあるが、改まった席なのでめずらしく全員スーツ着用である。天ぷらを頬張《ほおば》った山崎の視線の先には遠ざかっていく美和《みわ》の背広姿がある。

渡瀬の上司であり恋人でもある男。ずっと恋焦がれていたのだが、ノンケだからと諦《あきら》めていたのに、ひと月ほど前になぜかむこうから身体《からだ》の関係を持ちかけられた。そして六日前に想《おも》いを通わせ、晴れて恋人同士になったばかりの相手である。

その彼はいま中座して、トイレへ立ったところだ。

壁のむこうへ消えていく背中を渡瀬も一瞥《いちべつ》し、黙ってウーロン茶をひと口飲んだ。

「篠澤《しのざわ》さんが薬の配合を変えたんじゃないか？　マイルドな処方に。あるいはデータが取れたから薬盛るのをやめたか」

むかいの大豆生田《おおまみゆうだ》が冷静に答えるのに、山崎が神妙な顔で頷《うなず》く。

「かな。でも、もしかしたらおれたちの感覚が慣れちゃってるだけかも」

「いずれにせよ、いまぐらいなら許容範囲だよな。このあいだまでは、本当に勘弁してほしかった」

「ほんとほんと。絶対なにか飲まされてたよ」

研究員たちのあいだでは、第二研究室長の篠澤が独自に開発したフェロモン薬を美和に飲ませて人体実験をしているのではないかという話になっていた。

男に目覚めてしまったかもと認めたくないがゆえに決めつけていることで、常識的に考えればおいそれと同僚に薬を盛ったりしないはずであり、皆本心から信じているわけではなかろうが、日頃の篠澤の素行を鑑《かんが》みると事実だったとしてもなんら驚きはない。

渡瀬もご多分に漏れず篠澤を疑っているのだが、美和の色気が増した原因はそれだけではないとも思っている。

「……本人は、なにも飲まされてないって言ってましたけどね」

複雑な心境は覗《のぞ》かせず、本人から直接耳にした言葉をぼそりと口にしてみた。

「渡瀬くん訊《き》いたの？　御頭に訊いたって無駄だよ。きっと、いまみたいに席を立った隙《すき》にグラスに薬入れられたりとかさ、気づかぬうちに盛られてるんだよ」

「あの人、すこしぐらいビールの味が変わってもわかりゃしないだろうしな。もっとも篠澤さんならばれないように巧妙にやるだろうし、尋ねたところでとぼけられるだけだろう」

「御頭って研究対象に対してだったら疑ってかかる癖はしっかりついてるくせに、それ以外のことにはまるで無頓着っていうか。人を疑うってことを知らないからなー」

三十路《みそじ》コンビのたたみかけに異論はなく、ただただ同意するばかりだ。

といっても美和の色気がおさまったという点については渡瀬にはいまいち判別がつかない。ずっと以前からいつでも押し倒したくなるぐらい身を焦がしていたし、皆が噂《うわさ》しはじめた頃にはその身体に溺《おぼ》れていて、現在はその最高潮にある。

ウーロン茶のグラスを口元に持っていったまま、美和の歩いていった方角を睨《にら》むように見つめ続けていると、山崎が肩を叩《たた》いた。

「心配だよね。でももうしばらく様子見だね。落ち着いたみたいだし」

「そうですね」

頷いてみせたものの、篠澤の妙な薬についての心配は解消していた。

美和は篠澤からなにも飲まされていないと言っていた。

また、身体の関係を続ける必要はなくなったとも言っていた。

彼の説明は正直なところ、よくわからなかった。だがそれは篠澤に騙《だま》されて丸め込まれていたせいに違いなかった。説明したくても、美和自身も理解できていなかったのだろう。すこし混乱していたのかもしれない。

推察するに、たぶん、薬の服用を終えたのだ。

だからフェロモンの放出がおさまりつつあるのだろう。現に、酔っ払い連中の中にいるというのに襲われそうな気配はない。以前だったらいまごろ数人に押し倒されているはずだ。ここへ来るまではまだ多少心配していたのだが、だいじょうぶそうだと確認できた。それなのにいまも色気が残っているというのは、薬のせいではない。

——きっと、自分のせいだ。

そう思ったら口元がにやけそうになり、ごまかすためにウーロン茶を飲み干した。

やがて美和が戻ってきて、ほどなく会がお開きとなった。

寮組はバス停へむかい、電車組は駅へ歩いていく。寮でも電車通勤でもないのは美和と、その他ふたり。その三人を送迎するために渡瀬は酒を飲まなかったのである。

第一研究室の中では一番若手なので、こういうことを買って出るのを不自然に思われることはない。美和の車に四人で乗り込み、予定どおり先にふたりを降ろしてから最後に美和のマンションの駐車場へ到着した。

車から降りると、穏やかな風が春の香りを乗せて流れていった。夜風を吸い込みながら空を見あげれば、朧月夜《おぼろづきよ》。星はなく、半身の月がたなびく雲間にぼんやりと浮かんでいた。

「明日は雨かもな」

声がして見おろせば、美和もやわらかな髪をそよがせて空を見あげていた。酒がほどよく入った彼の表情も、春風のように優しくやわらかい。

目が合うと、無防備にふんわりと微笑《ほほえ》まれ——思わず息が止まるほど、胸がときめいた。

美和はグレーのスーツにモスグリーンのネクタイを合わせており、それがまたよく似あっている上に見慣れない姿が新鮮で、人目を気にせず抱き締めてしまいたい衝動に駆られたが、家はすぐそこだと我慢してこぶしを握る。

「すこし、寄っていってもいいですか」

仕事が終わったあと、送別会に行く前に美和の家へ寄り、バイクを置かせてもらっていた。飲んでいないからこのまま帰ることは可能だが、今夜は泊まっていくつもりでいた。

先週末は所用のため会えなかったこともあり、想いを通わせて以降今日まで六日間ふれあっていないのだ。もう三日ごとに通わなくてもいいと言われていたが、これ以上彼にふれずにいるのは限界だった。

問われた美和は短く頷き、渡瀬の黒地のスーツの胸の辺りに視線をさまよわせた。

「それ、三つぞろいだったのか」

「あ、ええ」

渡瀬は背広の下にそろいのベストも着ていた。大げさに見えてしまうだろうかとも思ったが、夜はまだ肌寒いし、せっかくあるので着てきたのだ。ネクタイは赤茶色のものを締めている。

「どうりで……」

美和はぼんやり呟いたきり反応が乏しい。

「どうりで、なんです?」

「あ、いや。なんでもねぇ」

はっと我に返った彼はぶっきらぼうに言って身をひるがえし、先に進む。その耳が赤くなっていることは、ななめうしろからも確認できた。

「あー、それより、なんだ。内村《うちむら》もすげーよな。フィンランドなんてな。いくら好きだっつっても退職して定住なんて、なかなか思いきれねーよ」

脈絡なく今日の送別会の主役の話がはじまった。

「遠いし、寒そうだし」

明るい口調はどことなくわざとらしさを感じた。なんだろうと思いながらもついていき、美和の家まで辿《たど》り着く。玄関へ入り、玄関ホールと廊下の照明がついてから、ようやく解禁とばかりに彼の肩を引き寄せた。

「さっきから、どうしました」

照れているらしいことは雰囲気でわかるのだが。恥ずかしがらせるような言動をとった覚えはない。

「もしかして、俺のスーツ姿に惚《ほ》れ直した、なんて——」

まさかな、とかるい冗談のつもりで言いかけたら、とたんに美和の顔が熱した炭のように真っ赤に燃えた。

図星だったらしい。意外な反応に驚いた渡瀬はつかのま固まった。

可愛《かわい》い……。

しみじみ眺めてしまい顔を背けるのを許してしまったが、それ以上は逃さない。両肩を抱き寄せて、赤くなった耳にくちづけた。

「美和さん、可愛い」

「ば、かやろ。こんなオヤジつかまえて、なにが可愛いだ」

照れ隠しだと知っているから怒られても嬉《うれ》しい。続けて頬に唇を寄せる。

「可愛いです。俺もあなたのスーツ姿を見て欲情しました」

すこしだけ顔をあげてくれたので、やわらかな唇に自分のそれを重ねあわせた。唇のあいだへ舌を差し込むと彼の舌が迎えてくれて、絡めあった。

甘くて熱い粘膜の感触が情事を思い起こさせて身体が燃える。ほんのかるいキスを交わすだけのつもりだったのに、気づいたら夢中になって深くむさぼっていた。

美和にふれると、いつもそうだ。あまりしつこくすると嫌がられると思うのに、自制が効かなくなる。ひとつに溶けあってしまいたくて、力任せに抱き締めてしまう。

「んん……こら。苦しい」

案の定、胸を押し返された。

「おまえ、玄関先でサカる癖、やめろよ」

「それは美和さんが悪いんです」

「なんで俺が」

「可愛いから」

真顔で正直に告げると、美和が眉根《まゆね》を寄せてはぁとため息を吐く。

「だからなぁ渡瀬くんよ。寝ぼけたこと言うな」

赤い顔をして困っている年上の恋人が、この上なく愛《いと》しくてしかたがない。

ふたたび唇を寄せ、ついばむように軽くくちづける。甘い気分が高まったせいで、無性に下の名を呼んでみたくなった。

いままでは遠慮があって呼べなかったが、恋仲になったのだから、ふたりきりのときぐらいは特別な呼び方をしてみたい。

「孝博《たかひろ》さん……」

そっとささやいて、唇を寄せようとした——刹那《せつな》。

美和がまぶたを大きく開け、目を丸くした。と同時にふたりの顔のすきまに手を差し込み、近づいてきた渡瀬の口元を手のひらで覆う。

至近距離を保ったまま、しばし無言で見つめあった。

「——なぜ?」

と問うたのは渡瀬。

「いやその――なんとなく？」

「なんです、その疑問形」

「その、なんだ。急に……名前、なんか呼ぶから……びっくりした、というか……」

しどろもどろの言葉は徐々に音量を下げていく。

「手、どけてもらっても？」

「えーと。それより、いい加減中へ入ろうぜ」

本気の力で身体を遠ざけようとしているのでしかたなく解放してやると、美和は頭をかきながらキッチンへ逃げていった。

そのうしろ姿を見送って、渡瀬も靴を脱いであがる。

そんなに照れずとも、と思うが、まあ、驚くのも照れるのも無理はないかなとも思う。自分も突然美和に名を呼ばれたら、思考が停止しそうだ。そして直後に襲いかかるだろう。

好きな人の名を呼びたいし、呼ばれたいと思う。あの声で「透真《とうま》」と呼ばれたらと思うと、想像しただけで身体の熱があがってしまう。

だが美和はそういうのは苦手だろうか。人の名前も物質の識別記号としか認識していなさそうだ。

「……いつでも『渡瀬』だしな」

声に出して呟いてみて、ふと思う。

そういえば、あの人は俺の下の名前を知っているのだろうか、と。

「……」

——知らなかったりして。

いやいや、仮にもおなじ職場で働いているのだから、書類などで目にすることは多々あるはずだ。知らないということはなかろう。

いくら他人のことには関心が薄いといっても、恋人になった男の名前ぐらいは覚えているだろう。

冷や汗が流れる思いで不吉な予感を否定してみるが、不安は拭《ぬぐ》い去れない。尋ねたら、「そーいやなんだっけ」とかるく返されそうだ。

ものすごくありえそうで怖い。

そんな疑念と戦っていると、キッチンから声をかけられた。

「で、おまえ今日は帰るんだろ？　コーヒーでいいか？」

「え」

帰るだなんてひと言も言っていない。さっさと帰れということか？　しつこくしたから嫌がられたか？　と焦ってそちらへむかう。

「あの、すみません美和さん。俺、帰ったほうがいいですか？」

「いや？　だからコーヒーでも飲んでいけば、と」

「いやその、泊まっていくのはまずいですか」

「さっき、すこし寄っていくって言わなかったか？」

言った。言ったがそれは家にあげてもらうための男の口実で、すぐに帰るという意味ではない。三日にいちどという大義名分がなくなったから、遠慮して言ってみただけだ。

美和はやかんに手をかけながら、ふしぎそうな眼差《まなざ》しをむけてくる。

そう。この研究一筋の人にはまわりくどい言い方は通用しないのだ。

いままでは男同士で恋愛感情がないからスルーされているのだと思っていたが、それだけではなさそうだとこの数日だけでもずいぶんわかってきた。

一般に日常で多用される遠慮や謙遜《けんそん》などは人並みに伝わっているようだが、繊細な心の機微というか、こと恋愛における駆け引きのようなことは、まるっきり疎い。鈍いと言うべきか。これだから彼女ができなかったのか、彼女ができなかったから学習していないのか知らないが、この年齢でこの初心《うぶ》さは奇跡じゃないかと思う。もちろんそんなところもこの人の魅力なのだが。

「訂正します。泊めてください」

「あのさ。このあいだも言ったと思うけど、三日にいちどってのはもういいから、無理はしなくて――」

「わかってます。俺がいたいんでいさせてください。迷惑なら帰ります」

「……んじゃ、ビールでも飲むか？」

「いただきます」

「あー、じゃあ先に風呂《ふろ》に入れよ。スーツ脱いじまったほうがくつろげるだろ」

頷きかけたが、美和の姿を改めて見おろして、留《とど》まった。

自分が風呂を借りているあいだに美和も脱いでしまうだろう。

せっかくの貴重なスーツ姿なのにもったいない。宴会の席では、見とれすぎて誰《だれ》かに勘ぐられたらまずいと自重していたため、あまり見られなかったのだ。もっとじっくり拝んでおきたい。

「スーツ、もうしばらく着ていませんか？」

「なんで」

「見ていたくて。あなたのそういう姿、年に数えるほどしか見られないですから」

美和が柳眉《りゅうび》をひそめた。

「俺は脱ぎたいぞ」

「一時間、いや三十分でいいです。俺も着てますから」

我ながらばかな提案をしていると思う。浮かれている自覚はある。

だが積年の想いが実ったばかりなのだ。たまには調子に乗ってなにが悪いと開き直ってみる。

「飲む前から酔ってんのかよ」

文句を言いながらも美和は冷蔵庫から缶ビールをふたつ取りだし、ひとつを手渡してくれた。相手にされないかと思ったが、了承してくれた様子だ。

美和のあとに続いて居間へむかった。

居間はフローリングの床にラグが敷いてあり、コタツと座椅子《ざいす》が中央にある。パソコンやテレビ、その他書類などの雑然としたものは壁際の作業台におさまっている。

このひと月で馴染《なじ》んだ風景である。だが今夜はひとつだけ、いままでとは異なるものがあった。

ひとつしかなかった座椅子が、ふたつに増えているのだ。

「これ……」

「おう。おまえの。あると楽だろ」

美和はざっくばらんに答えてテレビをつけ、自分用の座椅子にすわると、渡瀬のことなど気にもとめていないようにさっさとビールを開けて飲みはじめている。

「先週にはなかったですよね」

美和のすわる場所からコタツを挟んでむかい側に置かれている真新しい座椅子に、渡瀬は静かに腰をおろした。

「ん、ああ。昨日買った」

「仕事帰りに？　ひとりで？」

「おう」

「問題なかったですか。絡まれたりとか」

「ああ。だいじょうぶだった。送別会でも平気だっただろ。もうほんとに心配ないから」

美和は渡瀬の希望どおりにスーツを着たまま、テレビのお笑い番組を眺めている。

この家ではベッドで睦《むつ》みあうばかりで、居間でくつろぐことはあまりなかった。くだらないテレビ番組を見て笑っている美和の姿も新鮮だ。

渡瀬はビールを飲みながら、布製のカバーがかけられた座椅子の縁を指でなぞった。

箸《はし》やカップ、着替えなど、この空間にすこしずつ自分専用のものが増えていくのを発見するたびに、美和が自分のことを考えてくれているのだと知れてくすぐったくも嬉しい気持ちになれたものだが、今回はそろえてもらったものの中で一番の大物家具である。

平凡な、ただの座椅子だ。特注でもデザイナーズでもなく、その辺の量販店で数千円で買える品だろう。

だが、たかが座椅子、などではない。

自分がこの場所を陣取ってもいいという許可証なのだ。

これからも長期で自分とつきあっていくつもりがあると示されたようで、高価なプレゼントをもらうよりも心の奥にじんわりと沁《し》みるものがあった。

ずっと好きだった人と結ばれて、この数日は地に足がつかず、夢の中を漂うような心地《ここち》だったのだ。美和が好きだと言ってくれたのは己の願望が勝手に作りあげた幻想だったりはしないかと思うこともあったが、夢ではないと、改めて実感する。

天にものぼるほど嬉しく思う。

が、しかし。

実際にすわってみて、ひとつだけ問題があることに気づいてしまった。

正方形のコタツは家族むけの大きめサイズだ。それを挟んで真正面に美和がいる。

恋人同士の距離にしては、ちょっと、遠い。

座椅子によってすわる位置を固定されてしまうと、寝室へ行くまでなにもできないではないか。職場ではさわりたいのにさわれないという、ある意味拷問を受けているような状況なのだから、ふたりきりのときは思いきり寄り添っていたい。

いやらしい意味ではなく、愛しい人がいるのなら、近づきたい、その髪にふれたい、手をつないでいたいと思うのは自然なことだと思うのだが。

洋風の居間でソファでも置いてあれば、さりげなくとなりにすわれるのに。そういう、男だったら誰でも思いつきそうなことは、この人の頭の中には全然ないのだろうなと思いながら、綺麗《きれい》な横顔をじぃっと見つめた。

「なんだよ」

気づいた美和が、ちらりと視線だけを寄越す。

「座椅子、ありがとうございます」

微笑んで礼を述べると、美和は「おう」と素っ気なく返答してテレビへ目を戻した。その澄ました顔を酒の肴《さかな》にしてしつこく見つめ続けていたら、彼の耳がほのかに赤く色づきはじめた。さらには頬も赤くなる。

「……おい渡瀬」

やがて低い声で呼びかけられた。今度は視線すらむけてくれない。

「はい」

「……落ち着かねぇんだけど」

テレビを睨んだまま、苦情を言う。

「スーツって、着慣れてないと窮屈ですよね。すみません無理言って」

「そうじゃなくて。おまえの視線が」

じろじろ見るなよ、と唇を尖《とが》らせる彼の表情は明らかに照れている。

こちらをあまり見ようとしないのも、どんな態度をとったらいいのかわからなくなっているためだろうか。

ふれたい欲求が猛烈に膨らんで、うずうずする。我慢しきれなくなった渡瀬は残りのビールを飲み干すと、立ちあがって美和の背後へまわった。そして美和の背中と座椅子の背もたれのあいだへ割り込んですわり、両脚のあいだに彼を挟む格好になった。

「おい」

「座椅子、すごく嬉しいですけど、俺はこっちのほうが嬉しいです」

前へ腕をまわして、ゆるく抱き締める。

「……。そーかよ」

あいかわらずもの言いは素っ気ない。表情はよく見えないが、ふり払われないことと耳の赤さが色濃くなっていることから、嫌がられてはいないようだ。

服越しに伝わる人肌のぬくもりとやわらかな感触に幸福感を抱く。目の前にある髪に鼻を近づけると、花の香りがした。今夜は自分の髪もこの香りになるのだと思いながら首筋に顔を埋《うず》めれば、しっとりとしてやわらかい、きめの細かい肌を頬と唇で感じた。

肌がふれあう感触に陶然とし、もっとふれたくなった。

身体のラインを確認するように、胸元から腰まわりを撫《な》でさする。それから上着の下へ両手を潜り込ませ、ワイシャツとTシャツの裾《すそ》を引っぱりだした。

「おいこら」

美和の手が阻止しようと動くが、それより先に服の中へすべり込んだ。

「おまえ、スーツが見たいんじゃなかったのか」

「見てますよ」

「……。こういうことはシャワーを浴びてからにしないか」

「ちょっとだけ」

首筋をかるく吸いあげる。場所をずらして幾度もくちづける。下方では、下腹部からゆっくりと手のひらを這《は》いのぼらせていき、胸の突起に到達する。

ちいさな反応を示していた腕の中の身体が、そこで大きく反応した。

両方の人差し指でそっとふれ、押しつぶす。いったん離して起きあがったところをもういちど押しつぶし、捏《こ》ねまわすと、その口から「は」と息が漏れた。

やがて突起が硬く勃《た》ちあがる。その芯《しん》をつまみ、もてあそびながら耳朶《じだ》を甘噛《あまが》みすると、彼の下肢がもじもじと動いた。

「わた、せ……、ん、っ……ほんとに……っ」

感じはじめて震える声。その声を聞くだけで、頭に血がのぼった。

美和の色気は落ち着いたなどと山崎たちは言っていたが、自分の腕の中にいるときはいまも変わらずに壮絶な色香を放っていると感じる。

「美和さんの匂《にお》い、好きです」

美和は汗を流す前にふれられることに抵抗があるようだが、彼の香りは好きだった。腕をつかんでくる手の力は弱々しく、流されてくれそうな雰囲気なので、もうすこし進めてしまうことにする。

いやらしい意味でなくふれていたいなどと言ったが、ふれてみたら、もっと深い場所まで際限なくほしくなった。

尖らせた舌先を耳の穴へ差し込むと、美和は首をすくめて小鳥のように身を震わせる。そうしながら右手を下へおろし、ズボンの上から中心を包み込むように覆った。力加減に気をつけながら、ゆっくりと上下にさする。

ひと月前まで男を知らなかったとはとても思えぬほど、感じやすい身体だ。そこが硬く存在を主張するようになるまで、さほど時間はかからなかった。渡瀬自身のほうも硬くなっており、美和の腰に当たっている。

彼の息遣いがせわしなくなる。はぁはぁと息をし、ときどき甘く喉《のど》を鳴らす。それが興奮を増幅させ、ますます身体が昂《たか》ぶる。

「ところで美和さん」

美和の理性のたががゆるみはじめているのを見てとって、不意打ちの質問を試みた。

「俺の名前って知ってますか」

最前から頭のすみにあった疑惑だ。

美和が溶けそうな吐息のあいまに苦しげに答える。

「あ…たり、まえだ……、っ…ろ……っ」

打ち返すような返答にすこし安堵《あんど》し、首筋を舐《な》める。

「じゃあ、呼んでもらえます……？」

エッチの最中ならばどさくさに紛《まぎ》れて呼んでくれるのではないかと期待してねだってみたが、返事はなかった。

「美和さん……？」

横顔を覗き込むと、頬を上気させ、快感を耐えるように泣きそうな表情をしていた。名前どころではないといった様子で、そんな顔を見せられたら自分のほうがそれどころではなくなり、性急にことを進めたくなるほど血が滾《たぎ》ってしまった。

もっと乱したいと思う。自分を求める姿を見せてほしいと思う。

ただの性欲処理ではなく、薬の実験でもなく、恋人として求める姿を見せてほしい。

欲望に従って、美和のズボンのベルトをはずした。ズボンと下着を局部が見える程度にずりおろす、と同時に細い腰を持ちあげて、胡坐《あぐら》をかいた自分の脚の上におろした。

「ちょ……あ、……っ……」

中心をじかに握り込んで刺激しつつ、もう片方の指を自分で舐めて、うしろへと伸ばした。硬く閉じた入り口をやわやわともみしだき、ほぐしていく。

「おま……ちょっと、だけって……、んっ！」

感じているのをこらえながら絶え絶えに抗議されても、煽《あお》られているとしか思えない。やや強引に中指を差し挿《い》れたら、美和のしなやかな背が弓なりに仰《の》け反った。なだめるように耳や髪にくちづけながら指で中をかきまわす。すこしゆるんだところに人差し指も押し込み、二本の指で入り口を広げるように動かす。

三本目を入れる頃には美和の腰が揺れだしていた。体温も1℃は確実に上昇しただろうというほどその身体は熱く火照っており、首筋から汗が流れ落ちていく。

指を迎え入れている内部も燃えるように熱く、潤んでいる。刺激を続けている前のほうは、先走りをこぼしはじめていた。

そろそろいいだろうと指を引き抜き、自分のズボンのベルトをはずし、ファスナーをおろした。硬く反り返っているものをとりだして、美和の腰を持ちあげた。

「あ……ま、待て…、スーツ、汚れる……っ」

「弁償します」

細かいことは気にしていられないほど、とにかく中に入りたくてたまらなかった。

美和がとっさに背広とシャツの裾を引きあげた。隠れていた細腰があらわになり、生唾《なまつば》を飲み込む。

早く彼を感じたくて、入り口に己の猛《たけ》りの切っ先をあてがった。

押しつけて圧をかけても、そこはやわらかくほぐれていて抵抗はなかった。様子を窺《うかが》いながら、腰を支える腕を下げる。すると猛りの太さの分だけ入り口が広がり、亀頭部を包み込む。

「ん……、ふ……」

喘《あえ》ぎとも吐息ともつかない声に合わせてすこしずつ腰をおろしていく。赤黒く怒張した幹がじわりじわりと美和の身体の中に埋まっていき、見えている部分が短くなっていく。

体内に侵入した部分には、熱くぬめった粘膜が絡みついてきた。きつく、形状に合わせてみっちりとフィットしてきて、脳髄が焼き切れそうなほど気持ちいい。

入っていくところを注視しながら、彼の体内にいる己の怒張を想像してみる。

太く硬い肉棒が、ぬめりを帯びたピンク色の粘膜にやわらかく包まれて埋もれている様子を。

ひどく欲情し、下腹部が大きく脈打った。それが美和にも伝わったようで、同調するように内部がわななく。

時間をかけて根元まで挿れ、すべておさまったところで、浅い呼吸をしている美和を抱き締めた。

「美和さんの中、すごく気持ちがいいです……」

はぁ、と熱い息が漏れる。ふたりとも着衣のままである。

美和のズボンと下着は脚のつけ根の辺りで留まっていて、彼の動きを制限している。さらにうしろに楔《くさび》を打ち込まれた状態では、身動きもままならないだろう。

抱き締めたまま、腰を揺らしてみた。

「あっ……ぁ、ん……、っ…」

きっちりとしたスーツを乱して喘ぐ美和の姿は扇情的でめまいがするほど興奮して、猛りの硬度が増す。

激しい抜き差しはできない体勢のため、ゆるやかに腰をまわし、彼のいい場所を押しこする。すると動きに合わせて中が蠕動《ぜんどう》し、括約筋がヒクつく。強い締めつけに、まだ挿れたばかりだというのに持っていかれそうになり、腹に力を入れてこらえた。

肌と肌が身体の奥でじかにふれあい、こすれあう感触。腰が蕩《とろ》けそうなほどの快感で全身が満たされる。激しいセックスではないのに息があがり、下腹部から下肢にかけて痺《しび》れるほどに熱くなる。

絶頂まで駆け抜けたい気持ちと、もうすこしこのまま溶けあっていたいような気持ちをせめぎあわせながら間断なく中をこする。

「前いじられるのと乳首いじられるの、どっちが好きですか」

たわむれに耳元でささやいて、耳朶をねっとりとしゃぶると、敏感な身体が身をよじらせる。

「そ、…ぁ…、っ……そんな、の……」

快感でうまく答えられない美和に代わって、少々意地悪にささやいた。

「すみません。そんなの、訊くまでもなかったですね。乳首、好きですよね」

言いながら背広のボタンを開けてやる。

「いじってあげます。シャツ、捲《めく》ってください」

うしろに挿れられた状態で胸の突起をいじられるのが美和は好きだった。本人は、男がそんなところで感じるなんてと羞恥《しゅうち》を覚えているようで口にしたがらないが、身体の反応は正直だ。

はじめて抱いたときから胸で感じていたが、日を追うごとに感じやすくなっている。うしろに挿れているときはたいがいいっしょにいじるようにしていたから、挿れていないときにちょっとふれただけでも条件反射のように腰が揺れるようになっていた。

せかすように腰を揺すると、快感で思考力が低下している美和は顔を真っ赤にしながらもおずおずとワイシャツとTシャツを捲りあげ、胸元をさらした。

モスグリーンの細めのネクタイが、素肌の胸の中央に垂れる。その両脇にある突起は先ほどいじっていたなごりで赤く充血して勃ちあがったままで、シャツを捲りあげた拍子にぷるんと震えた。

「シャツ、ちゃんと持っててくださいね」

ものほしそうに震える尖った芯を、誘われるままにつまんだ。親指と人差し指をこすりあわせるようにして刺激を与えると、

「あ、ぁ……っ」

その口からこらえきれない嬌声《きょうせい》が漏れた。

さらに押しつぶすように捏ね、強く引っ張れば、彼の腰がいやらしく動きはじめた。中も弾力をもって蠢《うごめ》き、埋め込まれている渡瀬の欲望を喜ばせる。悦楽を引きだしあい、互いに熱くなっていく。

「……っ、あ……、もっと……っ」

突起をいじる手に、美和の手が重なった。快感に震えている彼の指先に力が込められる。

「もっと、揺すってほしい？」

決定的な刺激がほしくなったのだろう。尋ねると、赤く染まった首が頷いた。

乱れていく姿態をまだ見ていたい気もしたが、この体勢だと表情がよく見えないし、これで終わりでもないので異論はなかった。

「じゃあ、手を離しますから、ここ、自分でいじっててくれますか」

「へ」

服を捲っていた彼の手を誘導して乳首をつまませる。とまどいながらも自分の乳首をつまむ姿に欲情しつつ、その腰をつかんで引きあげた。

そしてずぶりと音を立てながらおろす。

「んっ…、あぁ……、っ！」

新たな快感が身体を突き抜ける。そのままたて続けに二、三度抜き差しをくり返した。

快楽がシナプスを伝って身体じゅうを駆けまわる。

しかし、体勢が悪くて思いきり突けない。このまま達《い》くのは諦めて手を離した。

「美和さん、下、脱ぎましょうか」

つながったままで、動きにくそうに美和がズボンと下着を脱ぐのを手伝う。脱ぎ終えたら膝《ひざ》を曲げてもらい、膝裏に腕を通す。開脚させた状態で抱えると、座椅子のリクライニングを下げてフラットにし、美和もろともうしろへ倒れ込んだ。

「う、わっ」

美和が驚いて声をあげる。倒れた拍子に楔が抜けかけ、蓋《ふた》をするようにいきおいよく押し込むと、今度は甘い嬌声が響いた。

脚を抱え直し、大きく開脚させる。

ふたりとも仰向《あおむ》けである。蛍光灯のクリアな明かりのもとに、美和の局部のすべてがさらされている。勃起《ぼっき》して汁を滴らせているものがよく見えた。

「や……っ、そんな、開くな……っ！」

羞恥の抗議は髪にキスして聞き流す。

「このほうが持ちやすいんで」

それに、うしろが締まって気持ちいい。すこし恥ずかしいぐらいにしたほうが美和が燃えるのも知っている。

限界まで脚を広げさせてやった。

美和を腹の上に乗せたまま、律動を開始する。

「あ……っ、あ……っ、……！」

ローションを使っていなかったが、中はじゅうぶんに蕩け切っており、大胆な抜き差しをしても問題なく柔軟についてきた。

力強く根元まで嵌《は》め込み、ぎりぎりまで引き抜く。スピードはあげず、ゆっくりとなんどもくり返すうちに結合部はぐちゃぐちゃに溶け、熱く熟れていく。

中はこの上なくやわらかいのにきつく吸いついて離れない。このままずっとつながっていたいと思いながらも、高まる快感に後押しされて徐々に腰遣いを速めていく。

「あ……、っ、ん……っ」

つかんでいる美和の脚が汗で濡れ、小刻みに震えていた。つま先も力が入って丸まっていて、限界が近いのだと知れた。そのとき、

「わ…たせ、ぇ……」

すすり泣くような、切なくも淫靡《いんび》な声音で名を呼ばれた。

下腹部にいっきに血が滾った。欲望に支配され、唸《うな》り声をこぼしそうになる。

律動を加速する。結合部から体液が飛び散るほどに激しく、美和のいいところへ己の猛り

を強く叩きつける。

身体じゅうで快感が無尽蔵に膨らんでいく。夢中になって頂点を追いかけ、いますこしというところで、

「あ、あっ！　もう……っ！」

切羽詰まった悲鳴があがり、美和が吐精した。

瞬間、中が強烈に震え、渡瀬も真っ白い限界へ達した。身体を震わせながら欲望を注ぎ込む。注いだあと、もういちど抜き差しして、もっと奥に多量の精液を放出した。

ドクドクと注ぎ込む音が聞こえるほどたっぷりと中に出してから、抱えていた脚を解放する。

美和の中の震えはまだおさまっておらず、心地いい。猛りもまだ硬く、つながったまま余韻を楽しもうと思い、抱き締めようとした。

だが美和は、驚くほど性急な仕草で身体を離し、転がるようにして床へおりた。それから四つん這いになったが、「あ」と甘い声を出して崩れ落ち、慌てたように手をうしろへ持っていく。見れば、猛りを受け入れていた場所から白濁した液体が溢《あふ》れ、太腿《ふともも》へ流れ落ちていた。

「だいじょうぶですか」

手近にあったティッシュをとり、拭ってやる。

美和は快感に潤んだ瞳《ひとみ》で渡瀬の身体を見ると、上気した顔をしかめ、はぁ、と大きなため息を吐いて床に突っ伏した。

「どうしました」

「スーツ」

言われて、美和の上着と落ちているズボンにざっと視線を流す。心配するほどしわになっていない。

「汚してない、ですよね。ひと晩吊《つ》るしておけばだいじょうぶじゃないですか」

「俺のじゃなくて。おまえのだよ」

美和のズボンは脱がせたが、渡瀬のほうはベルトをゆるめてファスナーを開けただけで、はいたままだった。ローションを使っていなかったから台なしとまではいかないが、前立ての辺りはいくらか濡《ぬ》らしていた。

美和は横になったまま体勢をすこし変え、渡瀬を見あげた。

「急いでどいたんだけど、遅かったな」

溢れてきそうだったから、こぼす前に離れようとしたらしい。つながった時点で汚してしまっていたから、遅かったどころの話ではないのだが。

している最中は夢中で忘れていたが、終わって思いだしたというところだろうか。

逃げるように離れていったから、なにかまずいことをしでかしたかと思ったが、そうではなさそうだ。ほっとして、苦笑を浮かべた。

「まあ、俺のは自業自得なので」

そう言って、ようやく上着を脱ぐ。美和もネクタイをゆるめながら、渡瀬の顔を真顔で見つめてきた。

言いたいことがありそうな表情である。視線で問うと、美和はいささかためらってから、警戒する猫のような上目遣いで尋ねてきた。

「ああいうの、好きなのか？」

「ああいうの？」

「着たままするのだよ」

「嫌でしたか？」

逆に問い返してみる。

渡瀬としては、あれは理性が砕けて欲望が猛進してしまった結果であって、着衣プレイが特別好きというわけではない。

スーツで悶《もだ》える恋人の姿は癖になりそうなほど欲情したが、これからも毎回スーツで、とは思わない。着たままだとやりにくいし、服が汗で身体に張りつく。なによりやっぱり裸が見たい。

だがたぶん、また今回のように脱ぐ手間を惜しんでつながりたくなってしまうことはあるだろう。

美和が嫌だと言うなら、脱ぐまで耐えるように努力しよう。つきあっていく上で性的嗜好《しこう》は非常に重要だ。

そんなことを思っていると、美和が考え込むように言った。

「おまえがああいうのがいいって言うなら、やだとは言わねぇけど……俺はもっと、なんつーか……おまえの身体にさわりたいし、ちゃんと抱きあってキスもしたいかなあ、とか思って」

まじめな顔で、照れもせずにそんなことを言う。

道ばたで手榴弾《しゅりゅうだん》を投げつけられたような意表を突かれ、渡瀬は瞬《まばた》きもせず見つめ返した。あまりにも呆《ほう》けたように見つめていたから、さすがに美和も恥ずかしくなったようで頬を染めた。

「なんだよ。そんなに変なこと言ったか」

「いえ……」

変どころかすこぶるまっとうで、常識的な発言だ。なんら驚くような内容ではないのだが。好きだと言われはしたものの、美和の言う「好き」がどの程度のものなのか測りかねていた節があったから。ちゃんとそういうことを思ってくれていたのだなあとか。

照れ屋なくせに、ときどき大胆発言をさらりとしてしまう人なのだなあとか。

その発言で周囲を驚かしていても、きっといろいろ、自覚していないのだろうなあとか。そんなことを言われて、この新しい恋人がどれほど喜ぶかなんてことも、そしてその後の展開も、まったく予測してない発言だろうなあとか。

雑多な思念がめまぐるしく脳内を駆けめぐったが、すぐに脇《わき》へ押しやられた。はずむような感情が急速に膨らんでいっぱいになり、自然と顔がほころんだ。

「俺も、もっとちゃんと抱きあって、キスしたいです」

尻尾《しっぽ》をふって主人にじゃれつく飼い犬の気持ちに共感しつつ、にじり寄って美和の上に覆いかぶさった。

「そりゃよかった。あー、それから」

キスするつもりで顔を近づけたのだが、美和はこの状況下でも恋人の目論見《もくろみ》がいまいちよくわかっていなさそうな顔をして言葉を続けた。

「透真」

まっすぐに見あげて、またもやなんのてらいもなく名を呼んだ。

「――……」

手榴弾が心臓を爆破した音が、渡瀬の耳に届いた気がした。天変地異並みの不意打ちを食らい、驚愕《きょうがく》のあまり呼吸も忘れて固唾《かたず》を呑《の》んでしまう。

「だろ？　おまえの名前」

「は……い……」

「なに驚いてんだよ。呼べって言っただろ」

たしかに呼んでほしいと言ったし願っていたが、お仕置きと称してエッチ中に意地悪をするなどの取引でもしない限り、素直に呼んでもらえるとは思っていなかった。それがまさか、こんなにしっかりはっきりくっきりかるーく呼んでもらえるとは。

「おまえさ、俺がおまえの名前も知らないと思ってただろ。そんなに信用ないのか？」

驚く渡瀬の態度を見た美和はふんと鼻を鳴らし、俺をなんだと思ってるんだと不服そうな目つきをする。

「そりゃまあ、まだ知らないことも多いだろうけどさ、いくらなんでも名前ぐらいは――」

文句が続くが、冷静に聞き入る余裕はなかった。身体の奥底から熱い感情がふつふつと湧《わ》きあがり、中心がふたたび力を持つ。

渡瀬は猛然と身を起こし、服を脱ぎだした。全裸になると、次に美和の上着を脱がしにかかる。

「お、おい。いきなりなんだよ」

「俺と裸で抱きあいたいって言いましたよね。美和さんを信用してないわけではけっしてないのですけど、不快な思いをさせてしまったようなので、いますぐ挽回《ばんかい》を、と」

にこりと笑みを浮かべつつも、瞳の奥に満たした気迫で抵抗する隙を与えず、たまねぎの皮を剝《む》くように美和の服を剝《は》いでいく。

「いや渡瀬、べつに今日はもう……、そんなにやる必要なくなったし……っ」

「俺を挑発しておきながらなに言ってるんですか。まだまだいけますよね。ご遠慮なく」

服をすべてとり去ると、たじろぐ美和を抱えて大股《おおまた》で寝室へむかった。

仰向けにベッドへおろし、膝を折り曲げさせた。眼前にさらけだされた入り口は数分前まで己が散々出入りしていたために蕩けていて、淫《みだ》らに濡れていた。頭が沸騰し、ものも言わずに力づくで押し入った。

狭い場所に質量のあるものが入ってきたせいで、先ほど注ぎ込んだ精液が結合部から溢れてくる。

「あ、っ――っ！」

美和の背が仰け反る。

激しく締めつけてくる内部の動きに歯を食いしばって耐え、すべてをおさめると、はじめから全速力で動きはじめた。

上体を倒して美和の頭の両脇に腕をつき、めいっぱい腰を打ちふるえば、彼が腕を伸ばして抱きついてきた。胸と胸が密着し、相手の硬い乳首の感触を肌に感じる。腰を揺するたびにそこも揉みくちゃにこすれて、綺麗な唇が艶《つや》やかに喘ぐ。その唇をふさいで深く舌を差し込み、口の中も犯した。

「ん、んぅ……っ、ん……っ」

上からも下からも水音が響く。とくに下からは、抽挿《ちゅうそう》によって体液が泡立って、じゅぶじゅぶと卑猥《ひわい》な音がする。

二度目の交わりは、はじめから熱が高い。背にまわされている腕が汗ですべる。

美和の脚が腰に絡んできて、彼自身も淫らに腰をふるって抽挿を手伝う。

腰の熱が限界近くまで張り詰めてきて、くちづけを離すと、快感に泣き乱れている美和の顔があった。熱に浮かされながら、その欲情に濡れた顔を食い入るように見つめた。

攻め手をゆるめずに、涙へ舌を這わせる。

「達きそう……。このまま、達っても、いい……?」

「い、い……、っ、俺も……、あ、ぁ……っ!」

絶頂は間近だった。高みへ一直線にのぼり詰めていき、極限まで凝縮した欲望を最奥に解き放った。身体を小刻みに揺すりながら、いちど目同様にたくさんの精液をいきおいよく注ぎ込むと、その刺激によって美和も身を震わせて達った。

全身を弛緩させてベッドに倒れ込み、腕の中のやわらかい身体を抱き締める。呼吸が落ち着いたらすぐに三戦目に突入するつもりだが、楔は抜いた。

ふわふわとした快感の余韻が、けだるさを伴って身体を包み込む。

「はー……」

示しあわせたように、ふたりいっしょに深く長いため息を漏らした。

そのままあいがおかしかったのか、美和がくすりと笑った。つられて渡瀬も微笑んで、彼の髪を撫でる。

「孝博さん……」

ささやいても、今度は美和も逃げなかった。

幸せすぎていまなら死んでもいいとなかば本気で思う。この数日で幾度となく抱いた感情であるが。

今後は会話の中でふつうに名前を呼びあえるようになろう、と新たな目標を定めつつキスをしかけていたら、居間のほうからなにやら不審な物音が聞こえた。

小動物がひたひたと歩く音。それが徐々に近づいてくる気配に身がまえたとき、開けっ放しの扉のむこうから、奇妙な物体が覗き込んできた。

ちいさな人形のような、それにしては珍妙なオヤジ顔。得体の知れないそれはふわりと宙に浮いた。

「なっ！　オヤジっ？」

目を疑う渡瀬のとなりで美和が飛び起きた。

『来ちゃった。てへ』

奇妙な物体が肩をすくめ、両手を頬に当ててなんだかよくわからない（たぶん本人的には可愛いつもりなのだろう）アピールをしてみせる。

「てへ、じゃねえっ！　なにしに来やがった！　つか、なんであんた、また身体縮んでんだよっ」

『それがのう、いい調子で狩りをしておったのじゃが、意識を失うほど酔っ払ってしもうての。気がついたらこんなことに』

「また女に捕まったのか」

『おかまじゃった』

「……美和さん。これはいったい……？」

　ひとり状況が飲み込めていない渡瀬は助けを求めるように口を挟んだ。

「このあいだ話しただろ？　これが例の妖精で……っと、あれ？　渡瀬、おまえオヤジが見えるのか？」

「オヤジというのがその奇妙な物体のことでしたら、見えてます、けど……」

　その言葉を受けて、妖精が得心顔で頷く。

『やはりそうか。どうもな、精気を吸いとられはしたものの、相手が本物のおなごではなくおかまだったせいか、中途半端に弱体化したようじゃ』

　力が弱まり縮んでしまったが、今度は憑《つ》いた人間だけでなく、ほかの者にも姿が見えるし声も聞こえるという。

『そんなわけでの、またしばらくやっかいになるぞよ』

「なんだってえっ！」

美和が悲鳴のような叫び声をあげて妖精をつかみにかかる。

「てめ、人の身体を都合のいい安宿かなにかと間違えてるだろ！」

先ほどまでの甘い空気はどこへやら。全裸の恋人と腹巻き一枚の妖精がドタバタと暴れる光景を、渡瀬は茫然《ぼうぜん》自失の体で眺めた。

「……妖精……って、本当だった、のか……？」

呟きは、誰にも聞かれることなく喧騒《けんそう》に飲まれて消えていった。

あとがき

はじめまして、松雪奈々です。

この度は「なんか、淫魔に憑かれちゃったんですけど」をお手にとっていただき、ありがとうございます。

こちらの作品は、シャレード新人小説賞の読者投票にて支持を頂戴し、書籍化されたものです。

応援してくださった読者の皆様には感謝の念にたえません。本当にありがとうございます。皆様には足をむけて寝られないなあと思うのですが、皆様がどちらにお住まいなのかわからないので、すわって寝るか、逆立ちするしかないかなあと悩みます。

今回の書籍化にあたり、渡瀬視点のお話を書き下ろしました。本編も改稿し、お仕置きシーンなどを新たに加えてみましたが、いかがでしたでしょうか。私としては、書き下ろしがお気に入りだったりします。攻め視点で書くの、好きなんですよね。

タイトルも変更するかもしれなかったのですが、けっきょく元のままになりました。手にとるのを躊躇するような恥ずかしいタイトルで、実にすみません……。通販ではなく書店で購入された方、その勇気を讃えさせてください。

また、本作の刊行にご尽力くださった関係者の皆様にもこの場を借りて心から御礼申しあげます。

とくに、右も左もわからない私を手取り足取り導いてくださった編集様や校正様には多大なご苦労をおかけしてしまいまして、私ひとりではここまでたどり着かなかっただろうことを思うと頭があがりません。

それから素敵なイラストを描いてくださった高城たくみ先生、ありがとうございます。オヤジ妖精なんていうわけのわからん生き物を描かせてしまってすみません。美和や渡瀬はかっこよく、妖精はアホ可愛く描いていただけて、小躍りして喜んでおります。

最後になりましたが、重ねて、読者の皆様に最大の感謝を。すこしでも楽しんでいただけたら嬉しく思います。

二〇一一年二月　　松雪奈々

松雪奈々先生、高城たくみ先生へのお便り、
本作品に関するご意見、ご感想などは
〒101-8405
東京都千代田区三崎町2-18-11
二見書房　シャレード文庫
「なんか、淫魔に憑かれちゃったんですけど」係まで。

なんか、淫魔に憑かれちゃったんですけど
(株式会社電子書店パピレス共同企画・ＢＬ無料人気投票配信作品、2010年3月〜)
俺の名前を知っていますか(書き下ろし)

CHARADE BUNKO

なんか、淫魔《いんま》に憑《つ》かれちゃったんですけど

【著者】松雪奈々《まつゆきなな》

【発行所】株式会社二見書房
東京都千代田区三崎町2-18-11
電話　03(3515)2311[営業]
　　　03(3515)2314[編集]
振替　00170-4-2639
【印刷】株式会社堀内印刷所
【製本】ナショナル製本協同組合

落丁・乱丁本はお取り替えいたします。
定価は、カバーに表示してあります。

ISBN978-4-576-11035-6

http://charade.futami.co.jp/

CHARADE BUNKO

スタイリッシュ&スウィートな男たちの恋満載

海野 幸の本

俺を幸せにしたいなら、ずっと俺の側にいろ

遅咲きの座敷わらし

イラスト＝鈴倉 温

見た目二十歳の遅咲きの座敷わらし・千早が棲みつくアパートに大学院生の冬樹が越してきた。人を幸せにした実績のない千早は、今度こそ！ と、彼の幸せを祈るのだが…。表情の乏しい顔に感情の乗らない声。けれど感謝の気持ちは驚くほどストレートに伝えてくれる冬樹に、千早は惹かれてしまい——。